Luc Blanvillain

Mes parents sont dans ma classe

Illustrations de Nathalie Desforges

neuf

l'école des loisirs

11, rue de Sèvres, Paris 6e

Du même auteur à *l'école des loisirs*

Collection Neuf

Journal d'un nul débutant
Mon stress monstre
Le grand fauve
Mon cher ami
Le journal de Raymond le démon : où est le mal ?

Collection Médium

Cupidon Power

Collection M+

La nébuleuse Alma

Loi n° 49.956 du 16 juillet 1949 sur les publications destinées à la jeunesse : septembre 2015
Dépôt légal : septembre 2021
Imprimé en France par Gibert Clarey Imprimeurs à Chambray-lès-Tours (37)

ISBN 978-2-211-23590-7

Pour mes parents

Prologue

Mes parents sont dans ma classe.

Désolée pour les âmes sensibles, mais je préfère ne pas maquiller la vérité. C'est arrivé par ma faute.

Hier soir encore, je disposais de parents normaux, tous deux âgés de trente-six ans. Ce matin, ils en ont onze.

Je tiens à préciser que je n'ai pas tous les torts. Je me suis toujours correctement occupée de mes parents. J'ai consolé ma mère à chaque rentrée des classes, quand elle pleurait à chaudes larmes au moment de me lâcher la main. J'ai souvent autorisé mon père à ne me relire que trois fois mon histoire du soir. Alors qu'une bonne histoire, surtout quand elle précède une longue nuit solitaire, doit être lue cinq ou six fois, avec des voix différentes selon les personnages. Tout le monde le sait.

Au fond, j'ai peut-être été trop conciliante. Puisse mon récit servir de leçon à ceux qui oseront le lire. L'éducation des parents est une tâche épuisante. Elle nécessite une attention de chaque instant. Au moindre relâchement, l'horreur s'abat sur vous sans prévenir.

C'est ce qui m'est arrivé.

La métamorphose

Bien sûr, quand je me suis réveillée et que j'ai vu ces deux enfants à mon chevet, dans leurs pyjamas trop grands, je n'ai pas compris. Ou plutôt, je n'ai pas voulu comprendre. Pas osé. Mais je les reconnaissais parfaitement. Ils avaient le même air ahuri que sur leurs photos de jeunesse, celles que mes grands-parents me montrent chaque fois que nous leur rendons visite. Mon père de nouveau affligé d'une tignasse luxuriante. Ma mère affublée de mon visage. On m'a toujours dit que j'étais le portrait de ma mère. Je comprenais mieux ce que cela signifiait. Je contemplais mon reflet, évadé du miroir. Mêmes yeux noisette, mêmes cheveux caramel, même bouche gourmande.

Mais j'étais surtout ébahie par leurs pyjamas. Ma mère tient à être correctement habillée la nuit, au cas où nous passerions à la télé, suite à un séisme ou à un incendie. La petite tête cramoisie de mon père dépassait d'une ample veste en taffetas, boutonnée jusqu'au col. Et le joli pantalon rose de ma mère tire-bouchonnait sur des mules devenues immenses.

– Qui êtes-vous ? ai-je tout de même balbutié en me recroquevillant au fond du lit.

– Ne fais pas l'imbécile, Fanny, a rétorqué mon père d'une voix flûtée.

Jamais je n'ai autant désiré me rendormir. Ou me réveiller. Mais nous étions en pleine réalité. Un corbeau a croassé dehors. C'était l'heure de se préparer pour le collège.

Cette pensée m'a paralysée. Le collège. J'ai deviné que tout partait de là. Depuis le début de l'année scolaire, je m'étais plainte du collège. Je détestais la sixième. Et mes parents, au lieu de me comprendre et de trouver une solution simple, m'offrir un tour du monde, par exemple, répétaient à l'envi qu'ils adoreraient avoir mon âge. Moi je répondais invariablement : « Je voudrais vous y voir. »

Il ne faut pas tenter le sort.

– Expliquez-moi ce qui s'est passé... ai-je imploré.

I ♥ DADDY

J'espérais peut-être gagner du temps, même si je ne savais plus très bien ce que signifiait cette expression. Il y avait forcément une erreur quelque part. Un malentendu. Tout allait rentrer dans l'ordre.

– Nous l'ignorons, a répondu mon père. Nous nous sommes réveillés comme ça. Au début, j'ai cru que tu nous avais joué un tour.

Il a voulu esquisser l'un de ses gestes favoris : gratter vigoureusement la peau nue de son crâne. Mais il a sursauté quand ses doigts ont senti, à travers l'étoffe de sa manche trop longue, sa chevelure hirsute et vigoureuse.

Ma mère a pris la parole à son tour.

– J'appelle Monique.

Elle a quitté ma chambre à grands pas résolus pour réapparaître munie de son portable. Monique est la meilleure amie de maman. Elle est psychologue. C'est à moi qu'elles doivent leur amitié. Elles ont appris à se connaître, à force d'évoquer mon cas. On me fait consulter Monique à peu près depuis ma naissance. Je suis une fille adorable, mais je reconnais que j'ai mon petit caractère. Je ne tolère pas qu'on me brime en m'imposant quoi que ce soit. Je mange ce que je veux, dors quand je veux, respire si je veux. «J'appelle Monique» est la phrase fétiche de maman. Elle avait bien identifié que leur métamorphose requérait probablement les compétences de son amie.

Comme papa a exigé que maman mette le haut-parleur, j'ai connu tout de suite le diagnostic de Monique. Enfin, presque tout de suite, parce qu'elle a d'abord cru que c'était moi qui lui téléphonais pour lui faire une blague. Comme si j'avais le cœur à plaisanter.

– Ce n'est pas très courant, a-t-elle conclu, mais j'ai déjà entendu parler de cas semblables. Des régressions temporelles. Vous avez toujours eu un peu de mal à vous opposer aux désirs de Fanny. Elle a probablement souhaité vous donner une leçon. Vous voir à sa place.

– Jamais de la vie! ai-je gémi.

– Même toi, m'a répondu Monique, tu ne contrôles pas bien ta volonté. La preuve.

– Est-ce que le... phénomène va durer longtemps? est intervenu papa.

– Aucune idée. Tout rentrera dans l'ordre quand Fanny le voudra vraiment.

– Mais je le veux vraiment !

– C'est ce que tu crois. Je n'en suis pas si sûre. En attendant, prenez votre mal en patience. N'hésitez pas à me rappeler.

Et elle a raccroché.

Plusieurs secondes ont passé, très lentement, sans faire de bruit. Je me suis aperçue que je serrais un oreiller contre mon ventre. Papa palpait son visage compact, sans double menton.

– Tu vois, a soupiré ma mère. Nous ne sommes pas assez fermes. Tu lui passes tous ses caprices.

– Moi ? a hurlé papa, de sa voix de souris.

C'était terrifiant de voir ces deux gosses se disputer à mon sujet. J'ai repoussé doucement la couette, je me suis levée lentement, sans gestes brusques. Nous sommes restés debout un bon moment, à nous regarder avec suspicion, comme des triplés de l'enfer.

– Bon, maintenant ça suffit, a intimé papa. J'ai du travail.

– Ma chérie, s'il te plaît, a pleurniché maman. Mon premier rendez-vous est dans une heure.

Ma mère est médecin et mon père scénariste pour la télévision. En unissant leurs compétences, ils arriveraient peut-être à nous sortir de cette situation. Mais pour l'heure, ils paraissaient totalement démunis. Comme je ne bougeais pas, craignant d'aggraver les choses, maman s'est massé les yeux, signe qu'elle allait prendre une décision. Mon père scrutait avec dépit ses pieds minuscules.

– Il faut que je commence par prévenir Ghislaine.

Ghislaine est la secrétaire de maman. Une dame très polie. Elle adore que les gens souffrent de maladies atroces, pour pouvoir en parler à ses copines. Elle a décroché tout de suite.

– Bonjour Ghislaine, c'est moi.

Il y a eu quelques secondes de flottement, puis maman s'est reprise :

– Je veux dire, c'est ma fille. Enfin, je suis la fille du docteur Boucart. C'est pour prévenir qu'elle est, heu… malade. Rien de grave. Une laryngite. Je suis aphone. Elle ne peut plus parler. Bref, vous m'annulez tous ses rendez-vous pour aujourd'hui. Elle vous recontactera dès que j'irai mieux.

– Tant que tu y es, ai-je hasardé presque timidement, appelle le collège pour dire que je n'irai pas.

Mon père s'est cabré.

– Le collège ? Et pourquoi donc ? Tu n'es pas... souffrante, toi. Hors de question. Tu te prépares et tu files.

J'ai failli me mettre en colère. Je n'ai pas l'habitude que les garçons me donnent des ordres. Surtout les garçons plus petits que moi.

– J'ai une idée, s'est alors exclamée maman.

Et c'est là que tout a basculé. À ce moment précis.

– Nous allons t'accompagner.

– M'accompagner ? Pas la peine, maman. Je connais le chemin. Vous avez besoin de repos.

– Non, je veux dire que nous allons passer la journée avec toi. En classe. Depuis le temps que tu nous en parles, tu as fini par piquer ma curiosité.

– Maman, tu plaisantes ?

– Pas du tout. Arnaud, tu peux nous arranger ça avec Bernard ?

Bernard est le directeur du collège. Papa et lui se sont connus en sixième. Bien entendu, j'ai tout fait jusqu'à présent pour qu'aucun de mes amis ne soit au courant. Bernard admire beaucoup mon père et serait prêt à tout pour décrocher un petit rôle dans l'un de ses téléfilms.

J'ai traversé un bref moment d'espoir. L'auteur de mes jours est un homme raisonnable, rationnel, posé. Il écrit des histoires vraisemblables et documentées. Je n'imaginais pas une seconde qu'il allait appeler son ancien condisciple pour lui expliquer qu'il avait brutalement rajeuni de vingt-cinq ans et qu'il sollicitait l'autorisation de passer une journée dans la classe de sa fille.

J'avais tort.

Il a souri.

Comme chaque fois que l'inspiration lui vient.

– Pas bête. C'est une excellente occasion de collecter des renseignements pour une future série sur les mœurs collégiennes. Et puis, Fanny, peut-être que si notre présence parmi tes amis te déplaît tu nous rendras notre âge. Je vais demander à Bernard de nous présenter comme tes cousins de… d'outre-mer, qui passent quelques jours de vacances en métropole.

– Attendez ! ai-je hurlé. Je vais… je vous retransforme tout de suite. Laissez-moi une chance.

Ils ont attendu. Mais je voyais bien qu'ils s'amusaient déjà beaucoup. Monique s'était sûrement trompée. Ce n'était pas ma volonté qui les avait ainsi mués en créatures monstrueuses, mais la leur. D'ailleurs, malgré tous mes efforts pour faire tomber les cheveux de mon père et les joues de ma mère, pour leur creuser des rides, leur ramollir la peau, rien ne s'est produit. Il suffisait peut-être de renverser mentalement les formules magiques que j'entendais tous les jours dans les pubs pour les crèmes anti-âge. J'ai donc essayé de les dépulper, de les déstructurer, de les déshydrater. Peine perdue.

Dans les profondeurs les plus secrètes de son être, l'un ou l'une d'entre nous se réjouissait de cette abominable situation.

Les cousins

Bernard s'est montré très compréhensif.

Bien sûr, il a demandé ce qui lui prouvait que le petit garçon surexcité, à l'autre bout du fil, était bien son vieux copain Arnaud. Mais je suis certaine qu'il avait déjà reconnu sa voix.

– Tu veux que je raconte un épisode de notre enfance connu de nous seuls ? a menacé mon père. L'affaire du slip de bain ?

Le toussotement de Bernard, amplifié par le haut-parleur que mon père s'était fait une joie d'actionner, a révélé que cette suggestion le réjouissait modérément.

– Pas la peine. Je te crois. C'est dingue, cette histoire. Comment tu as fait ?

Il semblait penser que toutes ces péripéties étaient dues au talent de papa.

– On n'en sait rien. C'est psychologique.

Bernard n'a pas insisté.

– Bon. À votre arrivée, rendez-vous directement à mon bureau. Je vous accompagnerai.

Quand il a raccroché, un long silence nous a enveloppés, de son haleine glaciale. Même les corbeaux s'étaient tus. Mes parents ont échangé un regard timide. Peut-être la perspective d'affronter le collège, la vraie vie, les rendait-elle moins fanfarons. Ou alors, c'était d'avoir perdu un quart de siècle. Ils se sont tournés vers moi. Ils attendaient que je prenne la direction des opérations. Ils m'ont paru soudain si vulnérables, dans leurs pyjamas ridicules.

Leurs pyjamas !

– Nous avons un problème majeur, ai-je annoncé.

Ils se sont regardés sans comprendre. J'avais du mal à me concentrer, à cause de leurs têtes. C'était comme de voir bouger des photos anciennes. Ils étaient à la fois méconnaissables et familiers. Mon père, enfant, ressemblait à un mulot inoffensif. En vieillissant, bizarrement, il s'était mis à évoquer un raton laveur.

– Les vêtements.

Je les ai laissés réfléchir un moment. À la rigueur,

je pouvais prêter quelques-uns des miens à ma mère, quoique, bien sûr, ils ne lui iraient pas du tout. Mais mon père ? Ils n'avaient plus qu'à se terrer à la maison le temps que tout se tasse.

– On fait un saut dans un magasin, a proposé maman.

Mais j'avais repris mes esprits. Je ne me laisserais pas vaincre sans batailler.

– C'est ça. On prend la voiture pour aller en ville ? Qui conduit ? Et après ? Tu paies par carte bleue ?

Mes objections les contrariaient. J'ai bien vu que les mots « carte bleue » douchaient leur enthousiasme. Ils venaient de mesurer tous les problèmes matériels qu'allait leur poser leur statut d'enfant. Mon père a soupiré. J'ai eu un bref moment d'espoir. Comme s'il allait s'écrier qu'on arrêtait les frais, et reprendre sa bonne vieille tête.

– Nous allons avoir besoin d'aide. J'appelle mes parents.

C'est alors que le découragement s'est abattu sur moi, telle une grosse mouche verte, l'été, à la campagne, quand il fait trop chaud pour bouger.

Mes grands-parents sont des gens délicieux,

je le reconnais. Comme ils habitent à deux pas, ils nous ont toujours rendu d'immenses services. Dès que j'avais trop mal à la gorge pour aller à l'école, c'est eux qu'on appelait. Je suis très fragile de la gorge. J'ai passé des heures à les écouter me raconter des histoires et à sucer des bonbons au miel. Disons qu'ils ont réglé la plupart de mes problèmes à l'aide d'histoires et de bonbons. Mais en l'occurrence, ces armes puissantes ne nous seraient d'aucun secours.

Ma mère a opiné. Mon père composait déjà le numéro.

C'est ma grand-mère qui a répondu. Mon père lui a raconté notre histoire avec un certain naturel. Visiblement, il était déjà presque habitué à son nouveau corps.

– Ça alors, s'est exclamée mamie, c'est rigolo !

Depuis qu'elle a réchappé d'un bombardement en 1943, ma grand-mère trouve la vie extrêmement rigolote. Sa voix chaude m'a presque réconfortée.

– Est-ce que tu crois que tu pourrais nous donner un coup de main, le temps de la crise ? a demandé mon père. Ah, et, au fait, tu as toujours mes vêtements ?

J'ai blêmi. Il avait pensé à tout. Mes grands-parents conservaient toutes les frusques de mon père depuis sa naissance, dans d'énormes armoires, au grenier, prétextant que « ça pouvait toujours servir ». Si je n'ai pas été obligée de les porter, c'est parce que je suis une fille. C'est peut-être même pour cette raison que j'ai choisi d'être une fille. En une longue sarabande hallucinée, le souvenir de ces défroques antédiluviennes m'a traversé l'esprit. À la pensée que j'allais devoir me rendre en cours accompagnée de mon père costumé comme un collégien de 1990, j'ai regretté d'être venue au monde.

Un quart d'heure plus tard, mes grands-parents sonnaient. Mamie est entrée la première. Papi la suivait, traînant une valise imposante.

La vue de leur fils les a cloués sur place. Forcément. Un souvenir vivant leur faisait face dans le vestibule. Papi a laissé tomber la valise sur son pied, sans paraître s'en apercevoir.

– C'est extraordinaire, a murmuré mamie. Tu n'as pas changé du tout.

Papi a refermé précautionneusement la porte derrière lui. Puis il a regardé maman.

– Bonjour, Florence ! Vous êtes très mignonne, comme ça.

Puis il a éclaté d'un long rire inquiétant. Papi a un peu peur de maman, parce qu'elle lui parle tout le temps de cholestérol et de prises de sang.

– Excusez-moi, a-t-il pouffé en s'essuyant les yeux.

Ensuite, tout est allé très vite. Ma grand-mère est passée à l'action. Elle a tiré de la valise un jean troué, une veste en faux cuir et un tee-shirt « Nirvana ».

– J'étais grunge, à l'époque, a reconnu papa en rougissant.

– Déjà en sixième ! a gloussé maman en lui sautant au cou. Mon grand fou !

C'était grotesque. J'ai senti que je commençais à avoir mal à la gorge.

– Nous l'avons toujours laissé s'habiller comme il voulait, a expliqué mamie. Montez vous doucher, les enfants. Je prépare le petit déjeuner. Dépêchez-vous, nous sommes déjà très en retard.

– Pas grave, a crié papa en courant dans l'escalier. Bernard nous arrangera le coup.

Maman l'a suivi, en poussant des petits cris.

La présence de mes grands-parents semblait avoir dissipé le peu de dignité qu'il leur restait. Je les ai entendus se bousculer dans la salle de bains et lancer de grands éclats de rire.

– Mamie, ai-je geint faiblement. Sauve-nous !

– Il est un peu turbulent mais tellement irrésistible. Ça me rappelle le bon temps.

– Tu crois que c'est bien de les laisser prendre une douche ensemble, à leur âge ? s'est inquiété papi.

– Jacques ! Ne sois pas rétrograde. D'ailleurs ils sont mariés, je te rappelle.

Comprenant que j'allais devoir me débrouiller seule, je suis montée à mon tour. Après tout, je ne devais pas en vouloir à mes grands-parents. D'une certaine façon, ils avaient, eux aussi, rajeuni de vingt-cinq ans.

Une heure plus tard, tout le monde était prêt. Maman m'avait piqué ma plus belle tenue, mon top licorne, mon sautoir psychédélique, mon slim mauve et mes Converse galaxie. Mon père avait ajouté à sa panoplie des baskets boueuses et une casquette de baseball qu'il portait à l'envers. Je n'ai pas eu la force de protester. Tout le monde paraissait si heureux.

Nous nous sommes entassés tous les trois à l'arrière de la voiture. J'évitais de regarder mes parents. Le trajet m'a paru affreusement bref. La cour du collège était déserte, les cours ayant commencé depuis un bon moment. Le surveillant avait dû recevoir des instructions. Il nous a conduits tous les cinq jusqu'au bureau de Bernard, dont la mâchoire inférieure s'est affaissée à notre vue. Il a remercié mes grands-parents, qui nous ont gratifiés d'une bise sonore avant de repartir. Bernard a fermé la porte, s'est écroulé dans son fauteuil, a sorti d'un tiroir une petite bouteille brune qu'il a portée à ses lèvres. Après quelques gorgées sonores, il avait repris des couleurs.

– C'est fou, a-t-il articulé. J'ai l'impression que c'était hier. Tu sais que je me souviens très bien de ta bobine.

Il s'est tourné vers maman.

– Votre… Arnaud était un sacré gaillard, vous savez ? Une fois, notamment, il est arrivé…

– Bernard, nous n'avons pas le temps.

– Et ses fringues ! Non, mais vous avez vu ses fringues ? Il nous épatait, il avait toujours une tenue d'avance sur nous.

Il s'est levé pour contempler les trous dans le jean de papa, en hochant la tête avec admiration. Puis il est sorti brusquement de sa rêverie et son sourire s'est effacé.

– Bon. Comment vous voyez les choses ?

– On fait comme vous avez dit, a suggéré maman. Nous sommes les cousins des îles.

– Oui, les cousins, a renchéri Bernard en se grattant l'arrière du crâne.

Il ne paraissait plus si convaincu.

– Dans quelques jours, peut-être quelques heures, nous aurons recouvré notre... identité, j'en suis sûr, a ajouté mon père en me lançant un regard appuyé.

– J'espère, a dit Bernard. Parce que d'un point de vue légal on est un peu limites.

Ses yeux se sont posés sur un gros volume administratif et s'en sont détournés aussitôt.

– Je vais vous conduire en classe. J'ai prévenu Mme Boutriquel.

Ce n'est qu'au moment où il a frappé à la porte de la salle de SVT que j'ai pleinement mesuré l'horreur de la situation.

Mes parents étaient dans ma classe.

L'élégance du hérisson

Bernard ne s'est pas attardé. Il a peur de Mme Boutriquel. On peut le comprendre, d'ailleurs. Les apparences ne plaident pas en faveur de la dame. Il lui arrive souvent de traverser le collège, les bras chargés de cartons bourrés d'yeux de bœuf frais. Son cousin travaille aux abattoirs et les lui fournit gracieusement. Mme Boutriquel apprécie la dissection. D'autres fois, elle nous apporte des trésors glanés au cours de ses promenades. Des animaux écrasés, notamment, quand les organes sont encore à peu près reconnaissables. Elle n'a pas son pareil pour fendre énergiquement les peaux, d'un seul coup de scalpel. C'est une passionnée de taxidermie. Elle empaille ses plus beaux trophées, dont elle décore la classe. Personne ne bavarde, pendant le cours de Mme Boutriquel.

Pas seulement parce qu'elle a presque toujours les avant-bras couverts de sang séché. Non, ce que nous redoutons tous, c'est d'être punis et enfermés dans ce qu'elle appelle son «cabinet de curiosités». Il s'agit d'une salle fermée à double tour, où elle garde ses « petits compagnons », des araignées exotiques dodues comme des poussins, des rats efflanqués, très nerveux, toutes sortes d'asticots se prélassant dans des couveuses et une gamme complète de reptiles. Dans la classe de Mme Boutriquel règne un silence si sépulcral que l'on entend craqueter, striduler et vrombir ses protégés derrière la mince cloison.

Lorsque Bernard a poussé timidement la porte pour lui présenter mes parents, elle crucifiait sur une planche de bois brut la dépouille d'un hérisson.

– C'est bon, a-t-elle lancé d'une voix agacée, coupant court aux explications du directeur. Qu'ils s'assoient rapidement et prennent de quoi écrire. Ils n'ont rien manqué. Je m'apprêtais à inciser.

Bernard a lâchement refermé la porte, laissant la classe seule avec elle.

En observant la façon dont mes parents se comportaient, j'ai mesuré à quel point les adultes diffèrent de nous. Ils marchent comme des adultes, se tiennent comme des adultes, restent raides sur leurs chaises, écoutent attentivement, couvrent leurs feuilles d'une écriture illisible et rapide.

Sur les « i » de ma mère, les points sont minuscules et secs, alors que les miens, par exemple, forment de petites sphères nuageuses. Mon père, à peine installé, s'est mis à ponctuer le cours de petits hochements de tête approbatifs. J'étais certaine qu'ils allaient être démasqués dans la minute.

Il n'en a rien été.

J'ai eu beau déplacer, aussi discrètement que possible, mes pupilles dans toutes les directions, je n'ai aperçu aucun sourire moqueur, aucune grimace. Pas une épaule ne s'est haussée. Au contraire, j'ai eu tout de suite l'impression – puis la certitude

– que mes parents intéressaient les autres. Et, pour certains, les fascinaient carrément.

Quand ma mère a levé le doigt, par exemple, pour apporter des précisions aux commentaires de Mme Boutriquel concernant une grosse poche verdâtre qu'elle avait extraite du ventre du hérisson, tout le monde s'est figé. J'ai regardé Marianne, à cet instant, ce que je m'autorisais rarement. Poser les yeux sur elle suffisait en effet à vous attirer les pires représailles. Mais là, j'ai pu la dévisager à loisir. Elle était totalement focalisée sur ma mère qui parlait d'hormones et de sécrétions avec la prof.

Il faut dire que Marianne est l'extraterrestre de la classe. Elle semble tout droit sortie d'un magazine abusant de la retouche d'image. Chacun de ses ongles a dû lui demander une semaine de travail. Elle s'y mire pour rectifier son maquillage. Le moindre détail de son visage paraît avoir été mûrement pensé pour s'harmoniser avec l'ensemble, quelles que soient les circonstances. Après vingt tours de stade sous la pluie, quand nous ressemblons tous aux grenouilles de Mme Boutriquel, la peau de Marianne luit adorablement comme une rose sous la rosée. Elle sent toujours bon, ne prend jamais de frites à la cantine et passe ses récrés à rire avec Mathieu, le surveillant qui joue de la batterie dans un groupe. Suprême privilège, Mme Boutriquel la dispense de dissection parce que, soi-disant, Marianne a la phobie des bestioles. Les insectes la tétanisent. C'est son seul point faible, à ma connaissance.

Toutes les rumeurs confirment que ses parents sont très riches. Son bronzage permanent serait dû aux heures qu'elle passe au bord de sa piscine. Mais on n'en sait pas davantage, elle n'a jamais autorisé personne à pénétrer dans sa propriété, ni même à l'accompagner jusque chez elle. À vrai dire, on ignore même où elle habite. Quelqu'un l'aurait vue monter dans une grosse limousine, à quelques rues du collège.

Bien entendu, j'avais un peu parlé de Marianne à mes parents. Mais sans leur exposer tout le protocole, les marques de respect qu'il fallait lui prodiguer, l'interdiction de la fixer, de répondre aux questions du prof ou de paraître s'intéresser au cours.

Aussi, quand ma mère s'est mise à dialoguer très naturellement avec Mme Boutriquel, j'ai craint pour sa vie. Je n'étais pas la seule, d'ailleurs, car j'ai vu plusieurs têtes se tourner furtivement vers Marianne.

Mais elle ne s'en est même pas rendu compte. Bouche légèrement entrouverte découvrant ses dents publicitaires, elle contemplait ma mère d'un œil admiratif. Certainement pas à cause de ses propos, ou de ses considérations savantes sur la morphologie du hérisson. C'était autre chose. Son aisance, sa prestance. Le fait, absolument indéniable, je dois le reconnaître, que ma mère avait la classe. La grande classe. J'ai senti que je rougissais de fierté.

– La science a connu une avancée remarquable, s'est joyeusement exclamée Mme Boutriquel. La preuve est faite, désormais, que des neurones peuvent survivre dans le cerveau de certains élèves.

Et, emportée par l'allégresse, elle a coupé d'un coup sec l'un des piquants du hérisson pour se nettoyer les ongles. C'est alors que mon père s'est levé, à la stupéfaction générale.

– Vous n'avez pas le droit de parler comme ça aux gosses ! s'est-il exclamé.

Sans interrompre sa manucure, Mme Boutriquel a posé sur lui un œil amusé.

– Tiens, le cousin se réveille, à présent !

– Je ne dormais pas.

Cette fois on y était. La catastrophe allait s'abattre.

Mais Mme Boutriquel a simplement répondu :

– Entièrement d'accord avec toi, petit. Mais que veux-tu ? J'essaie de les faire un peu réagir. De mon temps, on se révoltait. On s'insurgeait. On montait des chahuts. On mélangeait les produits en douce, pour provoquer de jolies explosions.

À cette évocation, elle est demeurée rêveuse un bon moment, détendue, un sourire de bébé crocodile éclairant son visage.

– Je comprends, a concédé mon père. Mais ce n'est pas une raison.

Mme Boutriquel a hoché la tête.

– Vous venez de quelles îles, exactement ? Et vous restez combien de temps parmi nous ?

Mon père a lancé un regard anxieux à ma mère. Comme d'habitude, il escomptait qu'elle les tire d'embarras.

– Nous ne pouvons pas le dire, a-t-elle lancé aussitôt.

La prof a paru intéressée.

– Ah bon ?

– Non, a renchéri mon père. Nous sommes... des réfugiés politiques. On nous recherche. Il vaut mieux que vous en sachiez le moins possible.

Et il a hoché gravement la tête, sans regarder personne, comme s'il se concentrait sur un souvenir cruel. Même le hérisson semblait impressionné.

– Vous voyez ? a lancé Mme Boutriquel après quelques secondes de silence. Tout le monde n'a pas la chance, aujourd'hui, de vivre dans un petit cocon !

Fait exceptionnel, elle a fait le tour de son gigantesque bureau carrelé pour descendre de son estrade. J'ai constaté pour la première fois qu'elle ne devait pas dépasser de beaucoup le mètre cinquante. Elle s'est avancée dans l'allée centrale, balançant ses bras massifs. Arrivée à la hauteur de mon père, elle lui a saisi délicatement les oreilles et j'ai vu la lumière en traverser les lobes. Il n'a pas cillé.

– Bienvenue chez nous, mon enfant. Soyez certains qu'entre les murs de cette classe il ne vous arrivera jamais rien.

La sonnerie a retenti.

Ce qui, dans le cours de Mme Boutriquel, ne provoquait pas une ruée hurlante vers la porte. On attendait qu'elle nous libère. Après plusieurs longues secondes, elle a relâché les oreilles de mon père puis lui a administré une grosse tape affectueuse sur le sommet du crâne. Je suppose qu'elle a un chien. Nous sommes sortis en silence, sous l'œil envieux du hérisson.

Dans la cour, j'ai senti la peur revenir. La cour est un endroit dangereux, quand on ignore les règles. En sixième, la récré se passe à recevoir ou à donner des coups. Mais on ne frappe pas n'importe qui, n'importe comment. Il y a les tapes amicales signalant qu'on appartient au même groupe, les petites claques affectueuses, les tacles permettant de se frayer un passage vers les toilettes ou le préau, quand il pleut. Vient ensuite toute la palette de pincements, torsions, clefs, prises, écrasements, ressemblant à des bourrades viriles de footballeurs, et consistant à faire le plus mal possible sans laisser à l'adversaire la possibilité de se plaindre sous peine de passer pour un mauvais joueur. Certains, plus raffinés, ne frappent pas. Ils remplacent les coups par des mots.

– La vache, a soupiré mon père en sortant de la classe. Je me serais bien fumé une petite clope.

– C'est l'occasion d'arrêter, a répondu sèchement ma mère.

J'ai cru que Marianne allait défaillir de bonheur.

– Vous êtes trop stylés, comme cousins !

Dans son enthousiasme, elle a presque posé les yeux sur moi, un bref instant.

Mais je n'ai pas eu le temps d'y penser, parce que Joseph nous a rejoints.

Comme il ne me sera pas possible de le cacher très longtemps, je préfère avouer tout de suite que je suis folle de Joseph, même si, comme presque tous les autres élèves de la classe, il porte un prénom pour maison de retraite. Je ne suis pas la seule à l'aimer. Clémentine, Léocadie et Victoire me font une concurrence sévère. Mais je pense avoir mes chances. Dès le 28 septembre, il m'a cédé sa poire à la cantine, en échange de rien. Certes, elle était verte et dure. Je l'ai mangée sans une grimace, avec la peau, jusqu'aux pépins. Le 14 octobre, il a gratifié mon nouveau blouson d'un « cool » sincère. C'est le seul mot qu'il m'ait adressé jusqu'à présent. Un mot court, certes, mais infiniment positif et très harmonieux, presque symétrique, avec ses deux « o » qui offrent la possibilité de le prolonger, quand on le prononce dans un souffle, ce que je fais chaque soir avant de m'endormir.

Et donc, ce jour-là, pour la première fois, je l'ai vu fendre la foule dans ma direction. Pas exactement ma direction. Celle du groupe que je formais avec mes parents et Marianne. Il nous a souri. Il nous a parlé. Quand il s'est tu, tout le monde m'a regardée. J'en ai conclu, avec beaucoup de retard, qu'il avait dû me poser une question et que, si j'envisageais de produire une réponse, il allait falloir que je décrispe mes mâchoires, figées dans un rictus dont je n'ai pris conscience qu'à cet instant. Mes parents ont paru un peu inquiets.

– Sympa ! ai-je fini par crachoter.

– Comment ça, sympa ? s'est exclamé mon père. Tu trouves ça sympa que la police politique nous recherche ?

– Laisse, a tempéré ma mère. Elle est émue. N'est-ce pas, ma chérie, que tu es émue ?

– « Ma chérie » ! J'adore ! a pouffé Marianne.

– Moi aussi, a approuvé Joseph. Fanny a raison. C'est sympa que vous soyez là.

J'ai hoché la tête plusieurs fois. Sans raison particulière. Comme un chat gérant une boule de poils.

– En tout cas, a conclu Joseph, vous pouvez compter sur nous, ici. On ne vous laissera pas tomber.

Avant de repartir pour la planète hostile où il vit sans moi, il a détaillé d'un œil épaté la panoplie de mon père.

Quand la récréation s'est achevée, Marianne m'avait parlé trois fois. À la fin de la journée, nous étions presque copines.

En sortant du collège, le soir, nous avons été accueillis par de vigoureux coups de klaxon. Mes grands-parents nous attendaient, garés en double file.

– Montez ! a crié mamie. On vous ramène chez nous. J'ai préparé un bon goûter !

– Ce sera plus simple, a expliqué papi dès que nous nous sommes entassés à l'arrière. Vous vivrez à la maison tant que la situation durera.

Mes parents ont souri, heureux d'être pris en charge. Ils ont commencé à raconter leur journée.

– En tout cas, a conclu maman, maintenant, nous avons la preuve que tu exagères.

– Moi ? J'exagère ?

– Mais oui. Tes petites amies sont adorables. Marianne, notamment. Elle est juste un peu timide. Il faut te montrer moins sauvage avec elle.

J'allais répondre quand mamie a poussé une sorte de glapissement.

– Arnaud ! Tes chaussures !

Mon père a retiré précipitamment le pied qu'il venait de poser sur la banquette.

– Pardon, maman.

– Je te vois dans le rétroviseur, Arnaud ! Attention.

– Il est pénible, a grommelé papi. Toujours à tout cochonner !

– C'est le début de l'adolescence, a soupiré mamie. Ça promet.

Les parents terribles

En retrouvant son téléphone, mon père a poussé un gémissement.

– Dix messages de mon boss.

Il les a écoutés, la mine grave. C'était insupportable de voir son petit visage d'enfant travaillé par des soucis d'adulte. Comme dans les reportages sur les pays pauvres.

– Envoie-lui un mail pour dire que tu es malade, a suggéré maman. Je peux te faire un certificat.

– Malade? Tu plaisantes? On est sur le point de signer avec les Américains. J'ai raté la réunion d'aujourd'hui. Turpin va me tuer.

– Venez goûter, les enfants! a claironné mamie en posant une assiette de crêpes sur la table.

Ma mère a froncé les sourcils.

– Vous lui serviez des crêpes au goûter ? Pas étonnant qu'il soit en surpoids à son âge ! Vous avez pensé aux complications cardio-vasculaires ?

– Aucun risque, s'est offusquée mamie, j'utilise du vrai beurre salé.

Mais mon père a secoué la tête.

– Je n'ai pas faim, maman.

Il paraissait vraiment tourmenté. J'ai eu pitié de lui. Si tout était ma faute, il suffisait que je décide de tout arrêter. Mais la petite sorcière tapie au fond de moi qui avait choisi de les rajeunir n'allait sûrement pas changer d'avis. Grâce à eux, Joseph m'avait parlé. Ils avaient tenu tête à Mme Boutriquel. Marianne remarquait mon existence. Même avec la meilleure volonté du monde, je ne pouvais pas les laisser m'abandonner. Pas si vite. Avec eux, la vie au collège devenait presque agréable.

– Mon pauvre petit papa, ai-je murmuré en renonçant à lui faire un câlin parce que je ne voyais vraiment pas comment m'y prendre.

– Petit, c'est le cas de le dire. Pauvre, ça ne va pas tarder, croyez-moi. Dans une semaine, si ça continue, je suis viré.

– Surveille ton langage, Arnaud, s'il te plaît, a grondé mamie.

Mais elle n'a pas protesté quand il a ouvert le frigo pour en sortir une bière qu'il a décapsulée mécaniquement avant de la boire d'une traite.

– Fanny, a dit ma mère au bout d'un moment, il serait peut-être temps de faire tes devoirs ?

Pendant une seconde, la vue de mon clone, paré de mes plus beaux atours, se permettant de me rappeler mes obligations scolaires m'a paru surréaliste.

– Mes devoirs ? Nos devoirs, tu veux dire.

Elle allait protester, puis elle s'est rendue à l'évidence. Elle aussi allait devoir rédiger pour le lendemain le paragraphe imposé par Mme Cocardon, la prof de français : « Décris l'endroit où tu aimes te réfugier pour rêver. » Elle a gémi.

– J'ai horreur des rédactions. Ça m'angoisse.

– Je te le fais, si tu veux, mais tu t'occupes de mes maths.

Un combat se livrait en elle entre ses principes et son intérêt évident. Elle avait toujours refusé de faire mes exercices de maths, déniant mon handicap dans ce domaine. Cette fois, elle n'avait pas le choix. J'ai souri en repensant aux discours qu'ils me tenaient tous les soirs sur l'honnêteté. Selon eux, tout élève surpris à tricher devrait se voir définitivement privé de ses droits civiques et finissait sous les ponts. Mais j'ai préféré me taire. C'est alors que mon père, apparemment un peu relaxé, s'est exclamé :

– L'endroit où tu aimes te réfugier pour rêver ! Il faut que je te montre un truc, Fanny. Suis-moi.

Trop heureuse, j'ai gravi l'escalier à sa suite. Il m'a conduite dans son ancienne chambre. Elle était toujours dans l'état où il l'avait laissée en quittant la maison, quinze ans plus tôt.

– C'est fou. Il y a si longtemps que je n'y avais pas pensé. C'est ce sujet de rédac. Regarde.

La demeure de mes grands-parents est biscornue à souhait. Elle m'a toujours fait délicieusement peur. La chambre de mon père, tout particulièrement. Elle est traversée par de longues poutres qu'il a soigneusement repeintes en noir, dans sa période gothique. Le reste de l'édifice est à l'avenant. C'est un manoir ancien que mes grands-parents ont acheté pour une bouchée de pain, espérant le restaurer pour en faire un hôtel, mais le projet n'a pas abouti. La plupart des chambres sont presque vides et l'humidité suinte parce qu'ils chauffent très peu, l'hiver.

Mon père s'est glissé derrière une armoire démesurée. À ma grande surprise, j'ai constaté en l'imitant que le mur offrait un renfoncement.

– Une ancienne alcôve. Et regarde, par terre !

J'ai baissé les yeux. Le temps qu'ils s'habituent à la demi-pénombre, à peine atténuée par une vieille lampe d'architecte à l'ampoule vacillante, j'ai entraperçu une rainure irrégulière dans le plancher.

– Une trappe. Aide-moi.

Nous nous sommes accroupis et j'ai glissé mes doigts dans la fente. Nous avons tiré jusqu'à ce qu'un craquement se fasse entendre. Puis une planche s'est soulevée, révélant une cavité poussiéreuse.

– Tu vois ? Il y a une cachette, ici. Elle devait servir à entreposer des sacs de grain, autrefois. On en trouve dans certaines demeures très anciennes. Il y fait moins humide que dans les caves.

Tandis que j'examinais l'orifice, il s'est dirigé vers son ancien lit, en a palpé les montants puis s'est saisi d'un objet, caché dans une moulure.

– Elle est toujours là ! C'est fou !

Ravi, il brandissait une lampe à pétrole. Il n'a pas mis longtemps à dénicher un briquet et à l'allumer. Une fumée âcre s'est répandue dans la pièce.

– C'est extrêmement dangereux, bien sûr ! a-t-il rappelé d'une voix gourmande.

Puis il s'est glissé dans la trappe. Des lueurs ont éclairé des motifs ésotériques, gravés sur les parois. Le silence est retombé. La maison de mes grands-parents est si vaste que je n'entendais même plus leurs voix, dans les étages inférieurs. J'ai fermé les yeux. J'étais au sommet d'une tour, d'un donjon perdu dans l'océan des siècles. Il m'a semblé comprendre pourquoi mon père avait décidé de consacrer sa vie à raconter des histoires. Je me suis rappelé toutes celles qu'il inventait pour moi, quand j'étais petite, assis au bord de mon lit. C'était peut-être là, dans ce réduit, qu'elles étaient nées, il y a bien longtemps.

Finalement, j'ai vu réapparaître la lampe à pétrole, suivie par la petite tête de mon père. D'épaisses toiles d'araignée ornaient sa chevelure.

– Tu vois, c'est là que j'allais, moi, pour trouver le calme. C'est inouï. Tout est encore en place.

Il s'est assis par terre, à côté de moi.

– Et tu sais quoi ? Je me souviens parfaitement du jour où je n'ai plus pu me glisser là-dedans. J'avais treize ans. Au retour des grandes vacances. Pendant l'été, j'ai grandi d'un coup. La porte de l'enfance s'était définitivement fermée.

– Tu vois ? Rien n'est définitif.

Et, sans attendre sa réponse, je suis descendue dans le trou à mon tour. J'étais curieuse de découvrir enfin le domaine secret de mon père.

Mais je n'en ai pas vraiment eu l'occasion. D'abord parce que j'avais oublié la lampe et que la maigre lueur concédée par la trappe m'a tout juste permis de discerner les contours d'un crâne de musaraigne, en équilibre sur un tréteau pourri.

Ensuite parce que mon père s'est mis à hurler.

Je me suis aussitôt extirpée du terrier, avec un soulagement mêlé d'inquiétude.

– Aucune fille n'a le droit de pénétrer dans le Repaire Sacré sans mon autorisation ! a-t-il vociféré en roulant des yeux.

Un long silence s'est installé. Il a progressivement repris ses esprits au prix d'un dur combat intérieur. Puis il a toussoté.

unplugged

– Oui. Bon. Excuse-moi, Fanny. Je suis un peu sous pression.

Il a remis la trappe en place, non sans grommeler quelque chose au sujet des filles qui se croient tout permis.

– C'est moi qui te demande pardon, papa, je ne savais pas que c'était aussi important pour toi.

– L'important, ce serait de redevenir moi-même le plus vite possible, a-t-il maugréé en redescendant l'escalier. Ce n'est vraiment pas évident d'avoir ton âge, à mon âge.

Il a accompagné sa remarque d'un regard significatif, probablement destiné à m'inciter à agir, mais rien ne s'est passé.

Ma mère s'était déjà débarrassée des maths, et regardait la télé avec papi. Mon père a rédigé un joli texte sur son Repaire Sacré, sous le plancher de sa chambre. Il a inventé une Cabane dans l'Arbre pour son épouse. Quant à moi, j'ai dû me débrouiller seule. Quand il s'agit de torturer leurs enfants, les parents ne renoncent pas complètement à leurs principes.

Le domaine de la lutte

Bernard n'a pas paru enthousiaste de nous retrouver tous les trois, ce matin, devant le portail de son établissement. Mais force était de constater que la situation n'avait guère évolué. Mes parents semblaient juste plus à l'aise, dans leurs peaux juvéniles. Mon père a haussé les épaules avec fatalisme et Bernard nous a fait signe d'entrer, en remuant la main comme un gendarme.

Heureusement, nous sommes tombés tout de suite sur Joseph. Il s'est de nouveau extasié sur le pantalon de mon père, une horreur évoquant la défroque d'un noyé qui aurait séjourné longtemps dans des eaux très boueuses. Marianne, de loin, faisait mine de ne pas nous voir, avec beaucoup trop d'application. Nous étions des stars.

Comme chacun sait, pourtant, la vie des stars n'est pas toujours parsemée de pétales. À mesure qu'ils se sentaient à l'aise, mes parents ont commencé à devenir pénibles. Leur nature parentale, si je puis dire, refaisait surface. Par exemple, à la récré du matin, j'ai voulu rejoindre un groupe, rassemblé autour du Smartphone d'Évariste, derrière le garage à vélos. C'est là que nous avons l'habitude de consulter Facebook. Évariste nous cède quelques minutes de connexion en échange de services ou de desserts à la cantine.

Cette fois, tout le monde a sursauté en entendant une voix outrée s'exclamer : « Qu'est-ce que c'est que ce trafic ? »

Un instant, nous avons redouté le pire. Que la CPE ait repéré notre manège. Nous savions pourtant qu'elle sortait rarement de son bureau vitré pendant les récréations. C'est une jeune CPE débutante. Elle est très motivée. Elle passe tout son temps à préparer des concours pour changer de métier.

Ce n'était pas elle qui avait crié. C'était ma mère.

– Facebook, ce n'est pas avant treize ans, me semble-t-il ?

J'ai été très embarrassée par ce « me semble-t-il ». À la rigueur, on pouvait concevoir qu'un élève en surchauffe, stressé, grille un fusible et se mette à répéter les discours qu'il entend dans sa famille, sur la nocivité des écrans, sur la nourriture industrielle, sur le danger des ondes. Certains d'entre nous sont victimes de parents terroristes. Ils mangent du tofu et n'ont pas la télé. Mais personne, je dis bien personne, aucun collégien normalement constitué ne prononcerait « me semble-t-il » en pleine cour de récré. J'ai cru que la peau de ma mère allait se déchirer, comme un masque de Halloween et que son vrai visage allait jaillir, dans un éclaboussement d'hémoglobine.

– Éteins ce truc, a-t-elle enjoint à Évariste. De toute façon, ça va bientôt sonner.

Et elle m'a lancé un coup d'œil lourd de sous-entendus menaçants. Mon père ne m'a été d'aucun secours, il discutait, plus loin, avec Joseph.

Un long moment de silence a suivi, dont ma mère n'a pas paru s'apercevoir. Elle avait l'habitude de régler rapidement les petits problèmes du quotidien avec une autorité sans appel. J'imagine que ses patients ne discutent pas, même si elle décide que la meilleure solution, dans leur cas, est l'amputation.

Mais elle avait mal mesuré les paramètres et les données de sa situation. Elle n'évoluait plus dans le monde feutré des adultes. Elle se trouvait dans une arène. Derrière le local à vélos de mon collège, d'où personne ne vous entend hurler. Elle avait dit « me semble-t-il », elle avait donné un ordre à Évariste, elle avait évoqué la fin de la récré, sous-entendant qu'il importait d'être à l'heure au cours suivant. Elle se trouvait à peu près dans la situation d'un gladiateur, à Rome, dont on vient d'ordonner la mise à mort en tournant le pouce vers le bas. Les autres élèves jouant à la fois le rôle des spectateurs et celui des fauves.

Avec un long rire aigre, Marianne s'est approchée la première.

– T'es qui, toi ? a-t-elle proféré en articulant bien.

D'abord, ma mère n'a pas bien compris la question. Ni surtout sa portée. Il est vrai que la réponse était complexe.

– Moi ? Eh bien, comme j'ai eu l'occasion de te l'expliquer, je suis la cousine de Fanny. Mon frère et moi nous…

Marianne est devenue blanche, instantanément. Ce phénomène spectaculaire a paru intéresser ma mère, d'un point de vue médical. Je n'ai pas eu le temps de la prévenir que c'était le signe, chez Marianne, d'une rage incontrôlable liée au sentiment qu'on se payait sa tête. Je n'ai pas pu lui expliquer non plus qu'il ne fallait pas se fier à ses attitudes amicales. Au contraire, plus elle est gentille avec vous un jour, plus il faut qu'elle se venge le lendemain.

J'ai à peine vu se déplacer la main de Marianne. Le claquement de la gifle m'est parvenu en décalé, tandis que la joue de ma mère commençait à rougir. Mon père ne s'était aperçu de rien. Évariste, un peu gêné, a rangé son portable, comme on met à l'abri ses objets précieux à l'approche d'un cyclone.

Je suppose que mon cerveau s'est mis à fonctionner à toute vitesse. Avant que le temps ne se remette à passer normalement, je me suis posé un petit millier de questions, ai envisagé toutes les hypothèses. La gravité de l'offense faite à ma mère était inimaginable. Une fois, elle avait boudé trois jours parce que je n'avais pas aimé sa tarte aux cerises. La seule réaction proportionnelle et appropriée au traitement qu'elle venait de subir aurait été d'éventrer Marianne avec un tesson de bouteille.

Au lieu de quoi, sans même se frotter la joue, elle s'est approchée d'elle et lui a saisi délicatement l'avant-bras.

– Marianne, a-t-elle murmuré. Si tu as des problèmes, il faut en parler.

Et voilà. La baffe lui avait déplacé les méninges. Elle avait perdu la raison. Je n'étais pas au bout de mes peines. Marianne s'est figée. Et quelque chose d'inouï s'est produit. Le bord de ses yeux est devenu humide.

– Des problèmes? J'ai pas de problèmes, moi. C'est toi qui…

– Je peux te donner un numéro, si tu veux. C'est gratuit.

Ma mère a fait un geste que je connaissais bien, celui de fouiller dans son sac à main. Mais, évidemment, elle l'avait laissé à la maison, dans son ancienne vie.

– Zut. Je ne l'ai pas sur moi. Je te l'apporte demain.

Mais Marianne ne l'écoutait plus. Elle s'éloignait à grands pas.

En larmes.

J'ai rejoint ma mère. On voyait distinctement sur sa joue ronde l'empreinte écarlate des doigts de Marianne.

– Tu es sûre que ça va, mam… Florence ?

– Réaction émotionnelle excessive, débordement affectif, instabilité. Cette petite va mal, a-t-elle marmonné sur le ton professionnel qu'elle utilise d'habitude quand elle s'adresse à son dictaphone.

– Cette petite ? Elle a failli te dévisser la tête !

Mais elle ne m'écoutait plus. La sonnerie a retenti, dispersant le groupe. Mon père et Joseph nous ont rejointes, tandis que nous regagnions les salles de classe.

– Joseph s'intéresse à l'informatique vintage, a annoncé mon père. Il faudrait que je lui montre ma collection de jeux pour MS-DOS. Je l'inviterai à la maison quand je les aurai retrouvés.

Cette annonce a suffi à me faire oublier complètement l'incident de la gifle. Inviter Joseph à la maison. Quelle maison ? Chez mes grands-parents ? Impossible. Je n'aurais jamais le temps de faire disparaître la collection de chiens en plastique de mamie et toutes les photos de moi quand j'étais petite.

J'avais à peine repris mes esprits quand le prof d'histoire a hurlé : « Contrôle surprise ! » en brandissant des polycopiés. Certains se procurent leur dose d'adrénaline en faisant des sauts à l'élastique, lui, ce sont les contrôles surprises. Une véritable addiction. Il fait comme si de rien n'était, attend que nous soyons assis, feint de fourgonner dans ses papiers puis agite une liasse en poussant son fameux cri. Alors ses yeux s'exorbitent, une grosse veine gonfle sur son front et il respire à toute vitesse. Une drogue, oui. Mais comme tous les grands malades, il est obligé d'augmenter les doses pour qu'elles continuent à lui faire de l'effet. Plus l'année avance, plus les contrôles surprises se multiplient.

Il a distribué les énoncés en aspirant de grandes goulées d'air. J'ai jeté un coup d'œil à Marianne. Elle ne pleurait plus mais ses épaules ont tressauté. Rien ne subsistait de sa physionomie indifférente et ironique. Elle ressemblait à un bébé tout fripé.

« Cette petite va mal. » Qu'est-ce que ma mère avait voulu dire ?

– Silence ! a hurlé le prof, mais on aurait pu entendre une mouche prier. Vous avez trente minutes ! Vingt-neuf !

Nous nous sommes mis au travail. La rébellion est inutile, avec lui. Elle ne fait qu'accroître son plaisir. J'étais presque soulagée que les choses aient repris leur cours normal, ennuyeux et morose. C'était reposant.

Mais le deuxième incident de la journée a eu lieu exactement douze minutes plus tard.

Et, cette fois, il était dû à mon père.

Nous avons tous senti notre cœur se décrocher quand, dans le silence, sa voix ulcérée s'est élevée sans prévenir :

– Tricheur ! Espèce de sale tricheur !

Je me suis retournée. Il se tenait debout dans l'allée et secouait Évariste qui, de saisissement, a laissé tomber son portable.

– Ce sinistre individu consultait Wikipédia sur son mobile pendant que vous aviez le dos tourné. Il faut être plus attentif ! a vociféré mon père.

Le prof d'histoire a rougi. Il n'avait pas exactement le dos tourné. En fait, il s'efforçait d'apercevoir la nouvelle CPE par la fenêtre. La salle d'histoire constitue un poste d'observation idéal sur le bureau vitré de la Vie scolaire. Pour sauver la face, il s'est presque mis à courir vers mon père, tandis que celui-ci continuait d'admonester Évariste.

– Je peux tolérer beaucoup de choses, mais pas la triche. Pas en histoire. L'histoire, c'est notre mémoire collective. Notre culture commune. Ignorer le passé, c'est abdiquer sa liberté.

Mon père peut parler des heures sur ce sujet. C'est une de ses marottes. Je suppose qu'il n'aurait pas vu d'objections à ce qu'on triche en maths. Mais l'histoire, pour lui, c'est sacré. À tel point que le prof n'a pu qu'acquiescer, en avalant sa salive.

– Il… il a raison, Évariste. Je confisque ton portable.

Un murmure scandalisé s'est élevé. Bien sûr, nous n'avons pas le droit d'apporter nos téléphones au collège. Mais beaucoup le font. Pour Évariste particulièrement, la confiscation équivalait à une atteinte aux droits de l'homme, passible de la Cour pénale internationale. Le prof s'est emparé de l'objet avec précaution et l'a enfermé dans un tiroir. Évariste a démembré mon père du regard.

Quelque chose me disait que nous n'étions plus des stars.

J'en ai eu la confirmation dès la fin de l'heure. Mon père avait déjà oublié l'affaire et s'apprêtait à reprendre son conciliabule avec Joseph quand Évariste lui a posé lourdement la main sur l'épaule.

– Tu vas où, bouffon?

Je ne crois pas que mon père mesure la portée insultante du mot «bouffon». Pour lui, ce terme désigne un personnage chargé de divertir les grands de ce monde. Et comme nous sortions du cours d'histoire, il a mis un peu trop de temps à comprendre qu'on le défiait. Évariste, habituellement plutôt mou mais galvanisé par la brimade qu'on lui avait infligée, a attrapé mon père par le col, produisant un long craquement. Joseph a grimacé. Il s'inquiétait plus, à mon avis, pour le tee-shirt rétro que pour son propriétaire.

– Un instant! a dit mon père avec calme.

Il s'est éloigné d'un pas, puis a entrepris de se déshabiller. Il faut dire que, pour les besoins d'un scénario, il a pratiqué en amateur plusieurs sports de combat, notamment la lutte gréco-romaine et le taekwondo. Il se débrouille assez bien mais c'est un méticuleux. Hors de question pour lui de se battre comme un chiffonnier. Quand il s'est retrouvé uniquement vêtu de son caleçon orné d'une Madonna jeune un peu délavée, il a placé les spectateurs en cercle, a délimité une sorte de ring puis a invité Évariste, soudain moins motivé, à y pénétrer.

– Ben vas-y, Éva ! bats-toi ! a crié quelqu'un.

Mon père se tenait très raide, le buste incliné, en position de salut. Une petite foule a commencé de s'agglutiner autour d'eux. Marianne tendait le cou pour mieux voir. Évariste était visiblement dépassé.

– Que se passe-t-il ? a crié une voix claire.

Nous nous sommes retournés. Au bout du couloir mal éclairé par les appliques jaunâtres venait d'apparaître Mlle Rieux, la nouvelle CPE. À cet instant seulement, en découvrant l'expression du visage de mon père, puis en repensant au comportement du prof d'histoire, j'ai compris que Mlle Rieux était belle.

Très belle.

Elle progressait d'un pas ferme, fendant la foule bruyante et surchauffée. Mon père ne la quittait pas des yeux. Il semblait avoir oublié qu'il était presque nu. Un sourire idiot s'est épanoui sur son visage. Mlle Rieux s'est arrêtée à quelques pas de lui, visiblement perplexe. Ce genre de situation n'avait pas dû être abordé dans les stages de formation qu'elle venait de subir.

– Tout est ma faute, a roucoulé mon père. Je peux vous expliquer, si vous voulez.

La CPE a passé une main sur son front. Le prof d'histoire l'a rejointe, nos copies sous le bras, très affable.

– C'est un garçon courageux mais un peu perturbé. Il vient de loin. D'après ce que je sais, il a été torturé par des miliciens.

Mlle Rieux l'a regardé avec un peu d'écœurement, comme si c'était lui qui était en slip.

– Bon, a-t-elle tranché. Tout le monde regagne sa classe. Toi, a-t-elle ajouté à l'intention de mon père, tu viens avec moi dans mon bureau.

– Volontiers, a-t-il acquiescé en accentuant son sourire.

– Pas question ! a crié ma mère.

La CPE s'est tournée vers elle, de plus en plus décontenancée.

– C'est sa sœur, a précisé le prof d'histoire. Ils sont inséparables. Vous comprenez, leurs parents ont probablement péri dans des conditions abominables. Nous devons être très prudents. Et puis, il y a les traditions ancestrales, dans les îles. C'est une autre mentalité.

Mlle Rieux a esquissé le geste de se débarrasser d'un gros insecte puis a secoué la tête.

– Très bien. Je vous convoque. Tous les deux ! Immédiatement !

Le prof d'histoire a acquiescé en déglutissant. Tandis qu'il regardait Mlle Rieux s'éloigner avec mes parents, Évariste lui a réclamé son portable.

– Vous comprenez, m'sieur, il a une valeur sentimentale. Ma grand-mère me l'a légué avant de s'éteindre.

– Mmmh ? Oui, très bien, tenez. Mais que je ne vous y reprenne plus.

Finalement, l'ordre est revenu assez vite. Le couloir s'est vidé.

Seule trace des événements, les vêtements de mon père, soigneusement pliés sur le sol sale.

La part de l'ombre

À la fin de la journée, Bernard nous attendait devant la grille. Il semblait contrarié.

– Je ne suis pas sûr de pouvoir continuer comme ça très longtemps, vous vous faites trop remarquer. On ne parle que de vous. Je ne vais pas tarder à avoir des plaintes des parents.

– Écoute, vieux, a protesté mon père, tu ne peux pas nous flanquer à la porte. La scolarité est obligatoire jusqu'à seize ans.

– Il est très motivé, a ajouté ma mère d'une voix pincée. Mlle Rieux lui a proposé un programme d'intégration. Il viendra travailler une heure par jour dans son bureau pour acquérir les règles du vivre ensemble.

– C'est pour mon bien, a dit mon père. Je manque de savoir-vivre, tu me l'as toujours dit.

– Je vous en prie… a supplié Bernard en lançant des regards aux alentours.

Un coup de klaxon l'a interrompu. Mes grands-parents, fidèles au poste, nous adressaient de grands signes derrière la vitre de leur voiture.

– Désolé, vieux. On doit te laisser. À demain.

Dans la voiture, j'ai craint que ma mère ne nous fasse une scène. Bien sûr, c'était la première fois qu'elle était confrontée à une rivale beaucoup plus jeune et bien plus âgée que mon père. Elle préparait son offensive quand son regard s'est porté sur une silhouette filant le long du trottoir.

Marianne.

– Suivez-la, a-t-elle ordonné à mon grand-père.

– Qui ? s'est enquis ce dernier, surpris, en considérant le flot de collégiens s'écoulant sur le trottoir.

– La grande fille, là-bas, avec un jean corail.

Je n'ai pas osé lui faire remarquer que cette filature risquait de manquer de discrétion. Certes, Marianne ne se déplaçait jamais sans écouteurs vissés au fond des oreilles, mais il n'était pas exclu qu'elle s'inquiète en constatant qu'une file de voitures la suivait jusqu'à chez elle. Heureusement, elle s'est mise à courir pour attraper un bus qui a démarré aussitôt.

– Parfait. Suivez le bus.

Ma grand-mère paraissait trouver la situation rigolote. Le bus, surchargé, évoluait pesamment, les vitres embuées. J'ai commencé à m'assoupir.

– Attention ! s'est exclamée ma mère. Elle descend. Il ne faut pas la perdre.

Ça devenait intéressant. Marianne avait, en effet, sauté du gros véhicule dès l'arrêt suivant. J'ai jeté un œil. Elle marchait maintenant sans se presser, en direction d'un autre Abribus.

– C'est curieux, a remarqué mon père.

– Quoi ?

– La ligne qu'elle s'apprête à emprunter ne mène pas précisément vers les beaux quartiers.

Mon grand-père, ravi de participer à une enquête, s'est garé en attendant que Marianne reprenne son voyage. Nous avons patienté plusieurs longues minutes sans parler. Pour le moment, maman ne pensait plus à Mlle Rieux. Tassée sur ma banquette, j'ai risqué un nouveau coup d'œil. Marianne ne regardait pas dans notre direction. Impériale, elle écoutait toujours sa musique, debout et immobile. Deux vieilles dames discutaient, assises sur le banc, tout près d'elle. Quelques gouttes de pluie se sont écrasées sur le pare-brise.

– Voilà le bus! a signalé mamie d'une voix émoustillée.

Les deux vieilles dames se sont levées et ont souri à Marianne. Elle les a laissées monter avant elle. Ce détail m'a surprise. Elle n'avait pas ce genre de prévenances avec ses petits camarades.

– Elle est mignonne, cette petite, a commenté mamie.

J'ai soupiré, un peu déçue que même l'expérience de la guerre mondiale ne rende pas plus lucide sur les humains. Nous avons redémarré. Maman inspectait les environs. Papa paraissait absorbé et soucieux. Il songeait sans doute qu'il n'allait pas tarder à retrouver son téléphone, ses messages et ses tracas.

Nous avons quitté le centre-ville pour pénétrer dans des quartiers gris, aux murs salis d'inscriptions délavées. Il pleuvait, maintenant. Un hangar désaffecté montrait ses poutrelles. Un terrain vague, de petits immeubles renfrognés, un centre commercial. L'autobus s'arrêtait de temps en temps pour prendre des gens tristes, l'œil rivé à l'écran de leurs portables. Plus personne ne parlait dans la voiture.

Marianne est finalement descendue un peu avant le terminus. Elle s'est retrouvée seule dans les éclaboussures du gros engin qui repartait en soufflant. Le soir commençait à tomber et elle m'a soudain paru plus fragile et plus jeune. La pluie tombait sur ses beaux cheveux sans qu'elle y prête attention.

– Et alors, a demandé mon père, elle est où sa villa de rêve ?

Ma mère a hoché la tête sans répondre. Elle paraissait poursuivre une idée. Je me demandais comment nous allions pouvoir continuer la filature. Notre présence dans cette zone presque désertique manquait de discrétion.

– Vous pouvez la dépasser et rentrer à la maison, a-t-elle dit. Je sais où elle va.

Comme pour confirmer ses dires, Marianne s'est dirigée vers un gros bâtiment de trois étages, flanqué d'un jardin mal entretenu. Elle a gravi lentement les marches du perron, a pianoté sur un digicode. La grande porte à doubles battants s'est refermée sur elle.

– Qu'est-ce que c'est que cet endroit? ai-je demandé. On dirait un vieil hôpital.

– C'est un foyer d'accueil.

La réponse de ma mère a mis du temps à parvenir jusqu'à mon cerveau. J'ignorais ce que signifiait exactement «foyer d'accueil», mais ces mots étaient incompatibles avec la personnalité de Marianne. Je ne comprenais pas. Devant ma perplexité, maman a précisé:

– Ce genre d'établissement héberge des familles n'ayant pas les moyens de payer un loyer ou traversant une période difficile. Le plus souvent, il s'agit de mères seules avec leurs enfants.

J'ai acquiescé mécaniquement mais cela me semblait toujours aussi absurde. Comment Marianne, ses ongles polis, son maquillage, sa coiffure et ses vêtements dernier cri pouvaient-ils s'accommoder d'un foyer d'accueil?

– Souvent, les enfants qui vivent dans ce genre d'endroit font beaucoup d'efforts pour donner le change aux autres, a expliqué ma mère. (Elle devinait mes pensées, comme d'habitude.) J'en ai connu beaucoup, des gamines comme elle. Je me doutais qu'elle avait un secret. J'appellerai Monique en rentrant.

À peine de retour chez mes grands-parents, elle s'est précipitée vers son téléphone mais n'a pas mis le haut-parleur. Elle s'est enfermée dans une chambre et je n'ai pas osé écouter. Un peu plus tard, elle a consenti à éclairer un peu ma lanterne.

– C'est bien ce que je pensais. Monique la connaît. Je ne peux pas t'en dire plus, c'est secret. Mais sache que ta petite copine est loin d'être la milliardaire que tu imaginais. Elle a traversé pas mal de drames, pour son âge. Elle vit seule avec sa mère dans deux petites pièces.

J'en suis d'abord restée sans voix. Puis je me suis demandé ce que cette information changeait au fait que Marianne était méchante, prétentieuse et brutale. Il m'est apparu tout de suite que cette question dépassait mes capacités. Je me suis sentie très bête.

– Peut-être que tu pourrais essayer de te rapprocher d'elle ? a suggéré maman. On devrait l'inviter. Ça l'aiderait, je t'assure.

Bien sûr. Je pourrais aussi aller placer ma charmante petite tête entre les mâchoires d'un ours polaire histoire de lui remonter le moral et de lui faire oublier le réchauffement climatique. Les parents sont fous. Heureusement, mon père nous a fait oublier Marianne en revenant, muni de son propre téléphone. Il gémissait comme un chiot.

– Turpin veut ma peau. J'ai eu beau lui envoyer un mail pour lui expliquer que je m'étais démis le dos et que je souffrais le martyre au fond de mon lit, il m'a menacé de résilier tous mes contrats si je ne revenais pas rapidement.

Nouveau silence. Lourd et oppressant. Maman a rétorqué que Ghislaine, sa secrétaire, était aux abois, qu'elle demandait s'il fallait trouver un remplaçant et que la situation était, en effet, absolument dramatique.

Mais elle n'en paraissait pas si convaincue. Peut-être pensait-elle encore à Marianne. Elle a accepté de bonne grâce une crêpe au caramel tandis que mon père décapsulait une bière. J'allais me résigner à me plonger dans mes devoirs quand nous avons entendu tinter la sonnette de l'entrée. Tinter est un mot faible. Le carillon de mes grands-parents imite, en plus brillant, celui de Big Ben. Quand quelqu'un sonne, on s'attend toujours à voir entrer la reine d'Angleterre.

En l'occurrence, c'était pire.

Joseph se tenait sur le palier.

Souriant, pas gêné du tout.

– Jo ! s'est écrié mon père. Tu es passé ! Génial !

Puis il a paru se rendre compte que Joseph risquait de se poser des questions : pourquoi le trio de cousins vivait-il chez ses grands-parents ? Où se trouvaient mon père et ma mère ?

Mais il n'a rien demandé. Toutes ces histoires de persécutions politiques avaient dû l'impressionner. Le mystère accroissait probablement notre prestige.

Debout, en chaussettes sur le carrelage du vestibule, j'ai donc vu le garçon de ma vie saluer poliment mes grands-parents et se diriger vers l'escalier, précédé de mon père.

– Je vais te montrer mes collections. À plus tard, tout le monde !

Nous avons entendu leurs pas et leurs rires dans les étages supérieurs.

– Arnaud est formidable, a affirmé fièrement mamie. Il s'est déjà fait un copain.

Tandis que la température de mon visage redescendait lentement, j'ai constaté que ma mère me fixait, avec un sourire insupportable.

– Quoi ? ai-je aboyé.

– Rien. Rien du tout. Ton père a donné l'adresse à Joseph et il est passé.

– Oui, merci beaucoup. Malgré ce que pense Mme Boutriquel, mes quelques neurones me permettent de comprendre vaguement ce qui se passe autour de moi.

– Tu as l'air fâchée.

– Moi ? Pas du tout. Je suis contente que papa se soit trouvé quelqu'un pour parler des charmes de Mlle Rieux.

Ce n'était pas très élégant, mais elle l'avait cherché. En me dirigeant vers la télé, j'ai constaté du coin de l'œil que maman avait perdu l'appétit. Elle avait jeté sa crêpe à la poubelle, au grand désespoir de mamie.

Il faut savoir être raisonnablement cruel, parfois.

Tout sur ma mère

Ce matin, mes parents avaient toujours mon âge. Après le départ de Joseph, ils s'étaient disputés longtemps, enfermés dans le salon. Je commençais à regretter mon ancienne vie, c'était plutôt bon signe. Toutefois, comment nier que, même dans mes rêves les plus débridés, je n'avais jamais osé imaginer que Joseph carillonnerait un jour à la porte d'une maison où je me trouvais ? Certes, il ne s'était pas occupé de moi et avait passé deux heures dans la chambre de mon père d'où il était redescendu, rayonnant de gratitude, coiffé d'une casquette immonde. Une antiquité que son nouveau copain lui avait offerte. Il avait promis de revenir très vite. Pouvais-je, même au prix d'un douloureux effort de volonté, abolir le sortilège qui attirait Joseph vers moi ? Même pour des raisons absurdes ?

À la grille du collège, Bernard était pâle et mal rasé. En nous voyant sortir de la voiture, il a étouffé un juron très grossier, que j'ai eu le temps de lire sur ses lèvres.

– Salut, vieux ! a lancé mon père.

Visiblement, la mine déconfite de son ami le consolait un peu de ses soucis professionnels.

– Écoutez, a chuchoté Bernard. Ce… ça ne va plus être possible.

– Quoi donc ?

– Vous. Ici. Je veux dire… Vous ne pouvez plus venir. J'ai eu des appels de parents, à cause… des incidents. Certains d'entre eux connaissent bien l'inspecteur d'académie. C'est ma carrière que je risque.

– Allons, Bernard, un peu de courage !

– Non ! Et cesse de m'appeler par mon prénom, je…

À cet instant, Mlle Rieux est apparue. Peut-être même avait-elle entendu des bribes de la conversation. Elle paraissait surprise.

– Un problème ?

– Pas du tout, pas du tout. J'expliquais à ces jeunes gens que…

La CPE s'est approchée de mon père avec un sourire plein de pitié, comme si elle l'avait trouvé dans une poubelle et sauvé du choléra en glissant une cuillerée d'eau entre ses lèvres gercées, toutes les heures, jour et nuit.

– Ils sont adorables, n'est-ce pas ? Tellement attachants.

– Oui, mais justement, je leur disais que nous n'allions plus pouvoir, hélas…

C'est alors que mon père a baissé les paupières.

– Monsieur le principal, est-ce que je peux répéter à Mlle Rieux la petite anecdote que vous m'avez racontée ?

– Quelle petite anecdote ? a répondu Bernard, dont les tempes se sont soudain nappées de sueur.

– Figurez-vous, a poursuivi mon père en regardant la CPE dans les yeux, que, quand il était jeune, Bern… monsieur le principal adorait mettre son slip de bain sur sa tête quand il allait à la piscine. Mais un jour, il a fallu vider les bassins de toute urgence à cause de…

– C'est l'heure ! C'est l'heure ! a hurlé Bernard ! On entre ! Vite ! Je dois fermer les grilles !

Tandis que nous nous dirigions vers le préau, Mlle Rieux a envoyé un clin d'œil mutin à mon père.

– Tu me raconteras la suite tout à l'heure. Par écrit. C'est un excellent sujet.

– Comptez sur moi, mademoiselle. Bonne journée !

Quand elle est repartie, Bernard s'est penché vers papa.

– Si tu fais ça, je te promets que je te renvoie dans ton île avec du goudron et des plumes.

– Voyons, Bernard ! Nos petits secrets d'enfance sont sacrés. Je suis sûr que si tu consens à nous garder encore un peu j'oublierai cette histoire peu flatteuse pour toi, il faut bien l'admettre.

– C'est bon ! Mais je ne veux plus entendre parler du moindre problème, c'est compris ?

Et il a regagné son bureau, furieux.

Dans la cour, l'atmosphère était encore plus tendue que la veille. J'ai tout de suite compris que la classe se divisait entre partisans et adversaires de mes parents. Nos ennemis s'étaient regroupés autour d'Évariste. Les autres entouraient Joseph. Marianne se tenait à l'écart, accompagnée de quelques fidèles. Des rumeurs ayant circulé, des élèves d'autres classes venaient voir de plus près les fameux cousins. Mlle Rieux surveillait la cour depuis sa guérite vitrée. Je craignais par-dessus tout de laisser voir à Marianne que je connaissais sa situation. Si elle apprenait que je savais, on retrouverait mon petit corps flottant dans un égout des faubourgs.

Comme pour confirmer mes angoisses, elle a regardé durement ma mère, qui lui a adressé un sourire. Erreur.

J'étais donc encore plus crispée que d'habitude en entrant dans la classe de Mme Boutriquel. Heureusement, des poissons morts nous attendaient sur nos tables, dispersant efficacement nos réflexions.

– Des maquereaux, a précisé notre professeur. Le poissonnier m'a fait un prix parce qu'ils n'étaient plus très frais. Mais ça ira très bien pour nous, n'est-ce pas ? Au contraire, même, les chairs un peu corrompues offrent moins de résistance.

Pendant que nous explorions péniblement les entrailles des malheureux animaux, les doigts couverts d'écailles odorantes, elle nous a parlé de la sortie nature, prévue pour le lendemain. Obnubilée par les récents événements, j'avais complètement oublié cette excursion. Elle nourrissait pourtant la chronique du collège depuis une bonne vingtaine d'années. La sortie nature de Mme Boutriquel constituait une véritable cérémonie. Elle avait lieu tous les ans, peu après la rentrée, afin de «souder la classe». Les anciens en parlaient à mots couverts. Certains parents, anciens élèves de Mme Boutriquel, évitaient d'évoquer l'expédition. «Tu verras bien», disaient-ils, la mine sombre. On savait juste qu'il fallait marcher jusqu'à une espèce de marécage situé à quelques kilomètres du collège. On s'y rendait à pied, quel que soit le temps. On y observait d'intéressantes espèces vivant sous la vase. On y pique-niquait. La classe en revenait soudée pour l'éternité. Comme les groupes de touristes ayant passé la nuit dans un château hanté. Mme Boutriquel ne tolérait pas d'autre accompagnateur qu'elle-même, en dépit des normes administratives que Bernard tentait vainement de lui imposer. C'était *sa* sortie nature. Il en serait ainsi jusqu'à son dernier souffle.

– Prévoyez des bottes et un sandwich, a-t-elle conclu en humant le foie d'un des poissons.

Puis, la perspective de sa petite promenade paraissant la réjouir, elle est descendue de son estrade pour circuler dans les travées. Comme d'habitude, elle n'a fait aucune remarque à Marianne occupée à limer ses ongles en détournant le regard des bêtes éventrées.

Puis elle a paru se rappeler l'existence de mes parents.

– Alors, les cousins, on s'habitue au climat ?

Elle a considéré avec une sincère admiration le travail de ma mère. Elle avait fini depuis longtemps de découper sa bête, et trié soigneusement toutes les parties de son corps.

– Bravo, jeune fille. Tu es douée.

– Oh, ce n'est rien, ça me rappelle ma jeunesse.

– Pardon ?

– Oui, dans… dans les îles. Le poisson.

Mme Boutriquel l'a regardée avec une vraie compassion puis lui a caressé doucement les cheveux.

– Ne t'inquiète pas, ma petite. Vous y retournerez. Quand les choses s'apaiseront. Les dictateurs tomberont tous. Un jour.

En regagnant son estrade, elle s'est mise à déclamer, d'une voix vibrante : « J'irai là-bas où l'arbre et l'homme, pleins de sève, se pâment longuement sous l'ardeur des climats. »

– C'est du Baudelaire, bande d'ignares, a-t-elle grommelé, devant nos mines ébahies.

Comme après chaque cours de SVT, j'ai été soulagée de retrouver le bon air de la cour. Mon père a rejoint ses fidèles. Des cris de ravissement ont retenti quand il a sorti de son sac un certain nombre d'objets : un téléphone portable ressemblant à une cabine téléphonique anglaise, quelques vinyles, des cassettes audio. Même Mathieu, le surveillant, semblait conquis. Je me suis soudain sentie très seule.

Ma mère ne quittait pas Marianne des yeux. C'était un comble !

– Arrête de la dévisager. Elle te le fera payer.

– Calme-toi, Fanny. Cette gosse a dû en voir des vertes et des pas mûres, crois-moi. C'est une peste, d'accord, mais elle a ses raisons.

– Qu'est-ce que tu proposes ? Tu veux l'adopter ?

J'ai eu la vision apocalyptique de Marianne habitant chez nous, partageant ma chambre, mangeant les crêpes de mamie. J'ai stupidement éclaté en sanglots.

Ma mère m'a prise par la main et entraînée un peu à l'écart.

– Ne pleure pas, ma chérie. Quoi qu'il arrive, tu restes à tout jamais ma fille préférée.

– Préférée ? ai-je hoqueté.

– Oui, enfin, je veux dire…

Maman a soupiré. Elle paraissait très fatiguée, soudain.

– La situation n'est facile pour personne, Fanny.

Nous nous sommes assises par terre, près de la chaufferie. Je me suis blottie dans ses bras et elle a caressé mes cheveux.

– Maman, je voudrais que tout redevienne comme avant !

Mes larmes mouillaient la jolie veste en velours canard qu'elle avait choisi de porter. Ma plus jolie veste.

– Dans ce cas, ça devrait se produire.

Mais cela ne se produisait pas. Absolument pas. La magie nous avait quittés. À moins que les transformations aient lieu exclusivement la nuit. Il fallait attendre. Toujours attendre que les choses s'améliorent. J'avais l'impression de ne faire que ça depuis que j'étais entrée au collège.

– Comment c'était, pour toi, maman ?

J'ai senti qu'elle décollait un peu sa tête de la mienne, sans doute pour essayer de voir mon visage. Mais je l'ai serrée plus fort.

– De quoi parles-tu ?

– Quand tu avais mon âge.

Elle a inspiré longuement. Nous étions si collées l'une à l'autre, à cet instant, que j'avais l'impression que nos poumons communiquaient. C'était peut-être le cas quand j'étais dans son ventre. Mon Dieu, pourquoi de telles pensées me venaient-elles à cet instant ?

– Eh bien c'était... très différent et presque pareil.

– Merci maman, tu as toujours su éclairer ma lanterne.

– Non, je veux dire, on ne s'habillait pas de la même façon, bien sûr, on n'aimait pas les mêmes chanteurs, mais on était le même genre de filles.

Je ne pouvais pas y croire. Impossible d'imaginer que ma mère avait connu les mêmes difficultés que moi. La peur constante d'être jugée. L'impossibilité de prendre la parole en classe sans subir les ricanements silencieux des autres.

– Pourquoi tu t'intéresses autant à Marianne ?

Nouveau soupir.

– Parce qu'elle est obligée de jouer la comédie de la cruauté.

– Obligée ? Qu'est-ce que tu racontes ? Elle est obligée de terroriser tout le monde ? D'imposer sa loi ?

– Oui, parce que votre pitié l'anéantirait.

Ce genre de phrases m'énerve. Je n'avais plus du tout envie d'être dans les bras de ma mère. Je me suis écartée. Elle n'a pas paru s'en apercevoir. Elle pensait toujours à Marianne. J'ai compris à ce moment-là qu'elle avait sûrement choisi de devenir médecin pour aider les autres et pas seulement, comme je l'avais toujours pensé, pour le plaisir de faire des piqûres. Une petite voix m'a fait sursauter.

– Alors, les cousines, on se cache ?

C'était Constance. Une presque copine à moi. C'est-à-dire que nous avions été amies de cœur jusqu'en CM2. Puis, en entrant en sixième, elle s'était alliée avec Garance et Lorelei, deux teignes qu'elle méprisait jusqu'alors. J'avais fait les frais de ce rapprochement. Mais, depuis l'arrivée de mes pseudo-cousins, Constance se rapprochait de moi, pour des raisons que j'ignorais.

– Tu as pleuré, a-t-elle constaté avec toute la délicatesse dont elle savait faire preuve.

– Non, non. C'est les maquereaux, je fais une allergie.

Elle ne m'écoutait pas. En fait, elle regardait ma mère. J'ai soupçonné que c'était elle qu'elle voulait aborder, par mon intermédiaire.

– Ça va ? Tu t'habitues à ici ?

Ma mère a hoché poliment la tête. Visiblement, Constance l'intéressait moins que Marianne.

– C'est pas trop dur, chez Fanny ? a insisté Constance.

Surprise, ma mère lui a consacré une attention plus soutenue.

– Dur ? Comment ça ?

Constance a lâché un rire doucereux.

– Ben, tu sais bien. Sa mère.

– Quoi, sa mère ?

J'ai senti mon œsophage se bloquer. Constance détestait maman depuis que celle-ci l'avait grondée, un jour qu'elle était venue jouer à la maison, pour une raison que j'avais oubliée. Je me suis rappelé que j'avais abondé dans le sens de Constance, qui, en sa qualité de meilleure copine, avait recueilli mes plaintes sur la sévérité de ma mère, sur son intransigeance, sur son refus de mettre les pieds chez McDo.

– Ben, tu vois, quoi. Un peu coincée, quand même. Peut-être que tu ne la connais pas très bien, puisque tu vivais loin. Mais Fanny a dû te raconter.

– Me raconter quoi ?

– Tous les trucs pénibles qu'elle lui fait subir du matin au soir, ses cris, son… mais ça sonne. Tu demanderas à Fanny.

– Je n'y manquerai pas.

– « Je n'y manquerai pas. » Trop excellent !

Et nous sommes retournées en classe. Tout compte fait, non seulement ma mère allait adopter Marianne, mais il n'était pas impossible que je déménage prochainement pour un foyer d'accueil.

C'était bon d'avoir des amies.

Les caprices de Marianne

Ce matin, pour la sortie nature, mes parents étaient toujours dans ma classe.

Peu à peu, notre nouvelle vie s'organisait. Maman était allée faire les boutiques avec mamie. Elle possédait maintenant une paire de bottes et un ciré assez laid qu'elle avait choisi elle-même. Nous étions tous les trois parfaitement équipés lorsque nous avons pénétré dans le collège, sous l'œil découragé de Bernard.

– Il n'y a qu'une seule consigne de sécurité, mais si vous l'oubliez, les conséquences peuvent être dramatiques. Voire mortelles ! a déclaré solennellement Mme Boutriquel.

Elle passait lentement dans les travées tandis que nous nous tenions debout, les mains le long du corps, les yeux fixés sur le tableau vide. Elle parlait lentement, parsemant ses phrases de longues pauses où s'entendaient les mille grattouillements de ses petits amis dans le cabinet de curiosités.

– Ce n'est pas la nature qui est dangereuse. Ni les créatures de la vase ni la pluie. Au pire, si l'un d'entre vous est aspiré par les sables mouvants, je me chargerai du bouche à bouche. J'ai mon brevet de secouriste.

De fait, en vingt ans de sorties nature, on ne déplorait aucun accident. Tout le monde avait pris grand soin de ne pas tomber à l'eau.

– Non, a repris Mme Boutriquel après un silence particulièrement interminable, le seul danger, celui contre lequel même les soins les plus dévoués ne peuvent rien, ce sont les automobiles !

Chacun de nous connaissait sa terreur des moteurs. Mme Boutriquel, comme mes parents, devait appartenir à une autre époque. Un sorcier ou un savant fou avait dû l'importer de la préhistoire où, vêtue de peaux de bêtes, elle parcourait les plaines armée d'une massue. Les mammouths ne l'effrayaient pas, mais les voitures la rendaient fébrile. Or, pour se rendre au marécage, but de notre excursion, il fallait traverser une route.

Elle s'est lancée dans une évocation détaillée des dégâts souvent irréversibles infligés à l'organisme humain par une collision, même légère, avec le moindre engin motorisé. Elle a projeté quelques photos au tableau. Nous avons dû détourner le regard.

– Voilà pourquoi je vous demande de vous tenir la main en traversant la route et d'attendre mon signal avant de vous engager sur l'asphalte.

Elle a encore laissé s'écouler quelques lourdes secondes. Même Marianne était attentive.

– Bien. En avant.

Après avoir distribué à chacun les paroles de vieilles chansons qu'elle entonnait dans sa jeunesse, quand elle était monitrice de colonie de vacances (certains enfants avaient passé leurs vacances sous la responsabilité de Mme Boutriquel !), elle a pris la tête de notre cortège.

Le collège est situé en périphérie de la ville. Lorsqu'on passe par le petit portail rouillé situé derrière le local technique, on se retrouve très vite dans une grande friche brunâtre, plantée de chardons et de ronces. Quelques carcasses de voitures y pourrissent. Mme Boutriquel leur a jeté en passant un regard satisfait de guerrier vainqueur.

Nous avons d'abord marché sans incident. Enguérand, un grand garçon maigre, choisi pour sa voix cristalline, était chargé de chanter les premiers vers de chaque couplet, que nous reprenions en chœur. J'ai assisté à ce spectacle surprenant : Marianne entonnant « Ma poule n'a plus que dix poulets, elle en avait trente, la poule à ma tante ! » d'une voix sérieuse et concentrée. Foulant l'herbe haute, nos pas marquaient le rythme. Mes parents se donnaient la main et paraissaient ravis.

Tout à coup, Mme Boutriquel s'est immobilisée, à la façon d'un suricate, les deux bras repliés sous le menton, le corps en extension.

– Nous approchons de la route.

Un lourd silence nous a enveloppés, souligné de loin en loin par les plaintes sombres du vent d'automne. Mme Boutriquel a fait quelques pas supplémentaires, décapitant au passage, d'un coup de son bâton, une touffe de graminées. Notre convoi, en débouchant du no man's land, venait d'atteindre un mince ruban goudronné, presque un chemin vicinal, à peine assez large pour permettre à deux voitures de s'y croiser. On pouvait visiblement le traverser en quatre pas.

Mais elle a immobilisé la colonne et scruté la petite route comme le dresseur regarde son serpent dans les yeux.

– Le danger tient à la configuration des lieux, a-t-elle exposé d'une voix forte, pour couvrir les bourrasques.

Elle a désigné un point, sur la droite, vers lequel toutes nos têtes se sont simultanément tournées.

– La chaussée forme un coude et se perd dans le petit bois que vous voyez là-bas. À cause des talus hauts et mal entretenus, un véhicule ne respectant pas les limites de vitesse pourrait déboucher sans que nous soyons à même de l'apercevoir à temps. La distance de freinage est un peu courte, le danger réel.

Rassemblant son courage, elle a posé un pied sur le bitume, comme on s'engage sur un pont de liane au-dessus d'un gouffre. Les yeux clos, elle s'est postée au milieu de la petite route, bras en croix, tournant le dos au virage.

– Allez-y ! Je vous couvre !

C'est alors que tout s'est mis à dérailler. Il y a d'abord eu un juron, puis des cris. Nous nous sommes retournés. C'était Évariste. Il paraissait furieux. J'ai très vite identifié la cause du problème. Pour traverser la route, les binômes formés par Mme Boutriquel devaient se tenir la main. Mais elle avait omis d'étudier scrupuleusement le jeu des alliances et des rivalités régnant dans la classe. C'est ainsi qu'Évariste était censé prendre la main de Pénélope, chose absolument impossible puisque Pénélope l'avait quitté moins de deux semaines plus tôt pour Orphée. La séparation avait été d'autant plus douloureuse qu'Évariste avait appris par Facebook qu'il était redevenu célibataire. Reformer ce couple au destin tragique, même le temps de traverser une route, relevait de l'erreur tactique la plus grossière.

Le désordre s'est vite installé. Orphée, jaloux et craignant, à juste titre, selon moi, qu'un rapprochement, même bref, ne réconcilie les ex, s'est interposé. Lui-même venait de découvrir qu'il devait donner la main à Nestor. Or il s'était embrouillé avec lui au cours d'une partie de jeu en réseau. Quelqu'un a poussé un cri. Marianne, ravie, attisait les conflits.

Toujours plantée au milieu de la route,

Mme Boutriquel a tendu le cou vers nous, à la façon d'une tortue ralentie par sa carapace. À ce moment précis, j'ai entendu une sorte de crissement aigu. Personne n'a paru y prêter attention. La dispute passionnait tout le monde.

Il m'a fallu quelques secondes pour comprendre qu'il s'agissait du sinistre couinement produit par les freins d'une voiture.

J'ai fermé les yeux.

Quand je les ai rouverts, Mme Boutriquel gisait sur la chaussée, face contre terre, bras écartés. Une petite voiture rouge était arrêtée à quelques centimètres de son corps immobile. La portière s'est ouverte et une jeune femme en larmes a posé un pied sur le sol.

– Je… J'ai reçu un SMS à l'entrée du virage. J'ai juste jeté un petit coup d'œil sur mon téléphone. Quand j'ai relevé la tête, elle était là, au milieu de la route. J'ai freiné ! Je jure que j'ai freiné !

Après quelques secondes de stupéfaction, plusieurs personnes se sont mises à crier en même temps.

– Du calme ! a ordonné mon père.

Ma mère s'est précipitée vers Mme Boutriquel et a commencé à la palper.

– Ne la touchez pas ! s'est exclamée la conductrice. Je vais appeler des secours.

– Laissez-moi faire. Je suis médecin.

Peut-être à cause du saisissement, ou de la réponse de ma mère, la jeune femme a fait tomber son téléphone. L'appareil s'est écrasé sur le goudron. L'écran s'est éteint. Elle a éclaté en sanglots. Une véritable crise de nerfs.

– Allons, mademoiselle, ce n'est rien. Je vous assure qu'il n'est pas cassé, a assuré mon père. Il faut juste que vous me donniez votre mot de passe pour que nous puissions le redémarrer et appeler une ambulance.

Mais la femme tremblait maintenant de tous ses membres et semblait incapable d'articuler un mot. Les larmes ruisselaient sur son visage et redoublaient chaque fois qu'elle regardait Mme Boutriquel.

– Elle est en état de choc, a marmonné ma mère, toujours occupée à ausculter la malheureuse. Tu n'en tireras rien.

– Évariste ! ai-je crié, appelle les secours avec ton portable !

Il s'est approché, un peu embarrassé.

– Ben je l'ai plus. Mes parents m'interdisent de l'apporter au collège, depuis l'autre fois. Ils ont peur qu'on me l'abîme.

Puis il a jeté un coup d'œil curieux à Mme Boutriquel.

– Elle est morte ?

– Non, a répondu maman, presque machinalement. En fait, je crois qu'elle n'a même pas été heurtée par la voiture. Elle s'est évanouie. Mais il faut tout de même la conduire à l'hôpital, on ne sait jamais.

– Pourquoi tu as dit que tu étais médecin ? a poursuivi Évariste, peu inquiet pour Mme Boutriquel.

Maman n'a pas répondu. L'oreille collée contre la vaste poitrine de notre professeur, elle s'efforçait de percevoir les battements de son cœur. Papa s'est de nouveau tourné vers la conductrice.

– Mademoiselle ? Nous allons avoir besoin de vous. Puisque nous ne parvenons pas à joindre les secours, il va falloir que vous conduisiez Mme Boutriquel à l'hôpital. Vous comprenez ce que je dis ?

Mais la jeune femme, occupée à s'essuyer le nez et à s'éponger les yeux, continuait de ne pas répondre. J'ai vu que maman commençait à perdre patience.

– Bon, écoute, on va faire simple, a-t-elle tranché. Tu vas l'emmener, toi.

– Moi ? En voiture ?

– Tu envisages de la prendre sur ton dos ?

Tout le monde formait un cercle autour d'eux. Nous étions au milieu de nulle part. Le destin avait voulu que dans ce paysage désertique, la trajectoire de cette voiture croise celle de Mme Boutriquel. Depuis le début de cette histoire, il s'amusait bien, le destin, j'ai trouvé. Mes parents ne se rendaient pas compte que mes camarades les écoutaient avec une stupéfaction grandissante.

– OK, a concédé mon père. J'espère que mes pieds atteindront les pédales et qu'on ne croisera pas de flics.

– Sois prudent. De mon côté, je ramène les gosses au collège.

Elle s'est tournée vers la petite foule de spectateurs, a désigné Clovis, Léon, Aristide et Bucéphale, les quatre plus costauds, et leur a demandé de l'aider à allonger délicatement Mme Boutriquel, toujours inconsciente, sur la banquette arrière. Ils ont obéi sans protester. Papa s'est installé au volant, a avancé le siège, a réglé les rétroviseurs. La conductrice l'observait d'un air morne, comme un téléspectateur hébété pris dans un long couloir de pub.

– Tu vas l'emmener aussi, a dit ma mère. Demande-leur de l'examiner, elle en a besoin.

Moins d'une minute plus tard, papa exécutait un demi-tour un peu acrobatique. La vue de cette voiture conduite par un enfant de onze ans dont la tête arrivait à la hauteur du volant avait quelque chose d'effrayant. Ils se sont éloignés à petite vitesse et personne n'a rien dit jusqu'à ce qu'ils aient disparu.

Puis, peu à peu, tout le monde a paru prendre conscience de ce qui venait de se passer. Les regards se sont tournés vers ma mère et moi.

– Dans notre… pays, a expliqué maman, les enfants apprennent à conduire très jeunes. Nous… nous devons aider nos parents pour, heu, la chasse.

Elle m'a lancé un petit regard gêné. Elle était moins douée que papa pour l'improvisation. Dans les yeux des autres, l'admiration le disputait à l'incrédulité.

– Quand je vais poster cette histoire, les potes vont halluciner, s'est réjoui Évariste.

– Bien sûr que non! a répondu maman, inquiète. Tu ne vas rien poster du tout. Tout le monde la boucle. On rentre en classe discrètement, on attend qu'Arnaud nous rejoigne. Je suis sûre que Mme Boutriquel va se remettre très vite. Avec un peu de chance, Bernard ne saura rien.

– Bernard? a demandé Marianne, d'un air faussement naïf.

J'ai lu dans ses yeux que nos problèmes ne faisaient que commencer. Je ne lui avais pas prêté beaucoup d'attention jusqu'à maintenant, mais j'ai constaté qu'elle ne paraissait pas très impressionnée par les récents événements. Elle semblait même y prendre un réel plaisir.

– Oui, enfin, le directeur. Bien. On y va. En route!

L'autorité naturelle de ma mère a failli produire son effet. Instinctivement, le groupe s'est ébranlé, a même fait quelques pas. Mais c'était compter sans Marianne. Elle a repéré une belle pierre plate puis s'est assise dessus, tranquillement, fixant maman avec une tranquille insolence.

– Marianne ? Tu viens ?

Elle n'a pas répondu, laissant un sourire rusé flotter sur sa figure.

– Marianne ! On ne peut pas rester là. Lève-toi !

J'ai compris que nous courions vraiment à la catastrophe, cette fois. Jusqu'à présent, l'adrénaline m'avait préservée de la peur, mais en voyant que Marianne n'obéissait pas à ma mère et que les autres, à leur tour, commençaient à entrevoir le côté plaisant de la situation, j'ai senti la panique s'emparer de moi. Quelques ricanements ont fusé. Maman allait s'énerver. Il fallait prier pour qu'on n'en arrive pas là.

– Et pourquoi je me lèverais ? Je suis censée être à tes ordres ?

Nouveaux rires. Maman a avalé sa salive. J'ai eu pitié d'elle. Elle m'a paru terriblement vulnérable, tout à coup. Je ne pouvais pas supporter que Marianne s'en prenne à elle.

– Laisse-la tranquille ! ai-je lancé d'une voix plus forte que je ne l'aurais voulu.

Marianne s'attendait visiblement à mon intervention. Elle a élargi son sourire.

– Elle défend sa cousine ! C'est mignon !

Les rires, plus nourris, indiquaient que le clan de ses partisans s'étoffait. J'ai cherché de l'aide dans l'assistance et croisé le regard de Joseph. Il s'est frayé un chemin vers nous.

– Marianne, a-t-il tenté d'une voix raisonnable, il faut qu'on bouge.

– Oh, le petit Joseph ! Il est tout triste depuis que son amoureux est parti sans lui en voiture. T'inquiète pas, Jo, il va s'en sortir. Il conduit très bien.

Encore des rires, plus vigoureux et plus gras. J'ai senti monter une rage invincible. Même maman était désemparée.

– Je sais pas vous, a poursuivi Marianne, mais moi je trouve pas ça très normal, ces cousins. Ils débarquent, ils imposent leur loi, ils conduisent des bagnoles.

Ses partisans ont hoché la tête avec vigueur. On n'était pas près de retourner au collège. Le vent de la rébellion soufflait de plus en plus fort.

– Et je ne vois pas pourquoi on la fermerait, a conclu Marianne. On n'est pas obligés d'être complices. Moi je pense que «Bernard» (coup d'œil appuyé vers ma mère) sera très intéressé par toute cette histoire. Personnellement, j'ai jamais dit que j'étais d'accord pour que le cousin prenne le volant. Pas sûr qu'elle y arrive un jour, à l'hôpital, Mme Boutriquel.

Elle a baissé la voix sur ces derniers mots, suggérant une menace confuse mais épouvantable. Elle était douée, je dois le reconnaître. Et elle a porté l'estocade :

– On en a un peu assez de vos petits secrets, les cousins.

C'est là que j'ai vu rouge. Je n'aurais pas dû, je sais, mais l'air satisfait de Marianne est venu à bout de ma résistance. J'avais tenu bon, depuis plusieurs jours, enduré les faux-semblants, les mensonges, les manigances. Mais là, Marianne venait d'humilier ma mère et Joseph. Elle nous menaçait. J'ai explosé.

– Et toi ? Tu n'en as pas, des petits secrets, peut-être ?

Elle a tressailli trop violemment. J'aurais dû

m'arrêter là. Ma mère a compris tout de suite ce que j'allais dire.

– Fanny ! Non ! Tais-toi !

J'ai failli obéir. Il aurait suffi que Marianne calme le jeu et cède. Mais elle a choisi de se battre et ne m'a pas laissé le choix.

– Tiens, la petite bourge se réveille. Qu'est-ce qui t'arrive ? Tu as avalé ta tétine de travers ? Tu veux qu'on appelle maman ?

La petite bourge ? C'était comme ça qu'elle me considérait ? J'ai serré les poings, fermé les yeux et hurlé :

– Et toi ? Tu veux qu'on appelle la directrice de ton foyer d'accueil ?

J'ai entendu ma voix suraiguë s'élever dans l'air humide. Quand j'ai rouvert les yeux, tout le monde me fixait sans comprendre. Marianne n'était plus là. Alertée par un bruit, sur ma droite, j'ai tourné la tête et je l'ai vue s'éloigner à toutes jambes puis disparaître dans le petit bois. Je n'aurais jamais imaginé qu'elle pouvait courir si vite. Ma mère a esquissé un mouvement dans sa direction puis s'est ravisée.

– Bravo, Fanny, bien joué.

Mais je n'avais pas envie de m'excuser. Pour

l'instant, j'éprouvais l'horrible satisfaction du dictateur fou, après qu'il a pressé le bouton de la bombe atomique.

Le trouble s'était répandu dans les rangs. Tout le monde s'est mis à parler en même temps, à poser des questions. Les mots « foyer d'accueil » faisaient leur chemin. À mesure que ma colère retombait, j'ai mesuré que je venais de briser quelque chose. Mais je ne regrettais rien. Tout le monde s'est mis à donner son avis sur ce qu'il fallait faire. Quelqu'un a proposé de couper des branches pour construire une hutte, d'autres voulaient manger leur sandwich, d'autres encore suggéraient de profiter de l'occasion pour aller faire un tour en ville. Joseph a finalement pris les choses en main. Toujours coiffé de la casquette que mon père lui avait offerte, il est monté sur une souche et a rappelé que Mme Boutriquel était probablement déjà à l'hôpital, que le collège avait sûrement été informé et que nous avions intérêt à rentrer au plus vite. Ça lui allait bien, de faire des discours. Je me suis dit qu'il finirait sûrement président de la République et qu'il saurait m'empêcher d'appuyer sur le bouton de la bombe atomique.

Nous avons fini par rebrousser chemin.

Je n'arrivais pas à m'inquiéter de la fugue de Marianne. C'était plutôt son retour que j'appréhendais. Maman boudait, en queue de cortège. Je me suis rapprochée de Joseph.

– Je crois que j'ai gaffé, avec Marianne.

– Non, tu as bien fait. Elle est insupportable.

Il m'approuvait. Il m'approuvait. Il m'approuvait.

– C'est parce qu'elle est très belle. Elle peut tout se permettre, ai-je habilement avancé.

Il m'a regardée, a ouvert la bouche pour dire quelque chose mais s'est tu au dernier moment. Il était rouge vif.

J'avais bien observé la forme de sa bouche, au moment où il s'était retenu de parler. Elle s'apprêtait à prononcer un « m ». C'est très caractéristique, des lèvres formant un « m ». Et, dans le contexte, que pouvait-il s'apprêter à dire sinon « moins que toi » ?

Je me suis rejoué mentalement le dialogue : « C'est parce qu'elle est très belle. » « Moins que toi. »

Ça collait parfaitement. Mais au moment où il s'est rendu compte que cette petite phrase constituerait un aveu, une déclaration, il a eu peur.

D'où le rougissement. J'ai trouvé qu'il faisait beau, soudain.

Certes, nous avions à déplorer un accident et une élève disparue, mais tout le monde paraissait relativement détendu. Les conversations allaient bon train. Chacun parlait de Marianne.

Une fois de plus, la sortie nature de Mme Boutriquel était parvenue à souder la classe.

Les choses de la vie

Mais nous avions à peine parcouru quelques mètres que de vigoureux coups de klaxon se sont fait entendre. Tout le monde s'est tu. La colonne s'est immobilisée. Débouchant du virage, la petite voiture est réapparue.

Elle était conduite par Mme Boutriquel.

Celle-ci s'est garée sur le bas-côté et a jailli de l'habitacle. Elle ne paraissait plus du tout agonisante.

– Revenez ! a-t-elle vociféré.

Elle a fait le tour du véhicule, ouvert la portière côté passager. La jeune femme est descendue à son tour.

– Allez, ma petite.

Mme Boutriquel l'a aidée à reprendre place derrière le volant.

– Et souvenez-vous d'éteindre votre téléphone de malheur quand vous conduisez. J'espère que ça vous servira de leçon !

L'autre a hoché la tête, penaude, a reniflé puis a mis le contact. L'automobile est repartie, à petite vitesse. J'ai constaté que papa se tenait au côté de Mme Boutriquel. Je ne l'avais pas vu descendre.

– Bon, a dit notre professeur en rajustant son manteau. Ce petit incident sera vite oublié. Je dois dire que j'ai été plutôt étonnée de me réveiller à l'arrière d'une voiture conduite par un de mes élèves. Mais je n'ai rien. Pas besoin d'hôpital. Un petit moment de faiblesse. J'en profiterai pour vous expliquer les mécanismes de la perte de conscience, la prochaine fois. La sortie nature continue. En route !

Mais elle s'est figée. Son œil s'est arrondi et j'ai cru qu'elle allait s'évanouir à nouveau.

– Où est Marianne ?

Un moment de confusion a suivi. Tout le monde s'est mis à parler en même temps. J'ai regardé ma mère. Elle m'a encouragée, d'un petit signe de tête. Je n'avais pas le choix. Je me suis avancée et j'ai tout raconté à Mme Boutriquel.

– C'est malin, ce que tu as fait là, Fanny.

Pour la première fois depuis que je la connaissais, elle paraissait vraiment furieuse contre moi.

– Je suis désolée.

Mme Boutriquel réfléchissait. Plus personne n'osait parler. Au bout d'un moment, elle a pris sa décision.

– Écoutez-moi tous. Le premier d'entre vous qui se permettra la moindre remarque au sujet de ce foyer d'accueil aura affaire à moi.

Dans sa bouche, ces mots se chargeaient d'un sens effroyable. J'ai repensé au hérisson sur sa planche, et des visions semblables traversaient probablement l'esprit de tous les autres. Nous avons acquiescé en baissant les yeux. Mme Boutriquel s'est tournée vers mon père.

– Toi, le cousin, tu m'as l'air dégourdi. Je te charge de diriger provisoirement les opérations. Vous allez marcher jusqu'au marécage et prélever des échantillons comme je vous l'ai expliqué lors de la dernière séance. Moi je m'occupe de ramener Marianne. Je sais où elle s'est réfugiée. Nous vous rejoignons très vite.

Stupéfaction générale. Mais personne n'a protesté. Mon père a rassemblé le groupe.

– OK, tout le monde ! On se bouge !

– Fanny et Florence, vous venez avec moi, a intimé Mme Boutriquel.

J'ai avalé ma salive. Ma mère s'est contentée de hocher la tête.

– Pourquoi est-ce que je ne peux pas aller au marécage avec les autres ? ai-je hasardé.

– Tu as fait une bêtise. Tu vas la réparer.

Ma mère était visiblement d'accord. J'aurais préféré affronter les pires créatures du marais que de présenter mes excuses à Marianne. Mais je n'avais pas le choix. Je me suis résignée. Je n'ai pas osé demander comment Mme Boutriquel savait où se trouvait la fugitive, ni pourquoi nous nous dirigions à grands pas vers le collège.

– Vous êtes sûre que vous allez bien ? a demandé ma mère. J'aurais aimé qu'on prenne votre tension.

– Ma tension est parfaite, jeune fille. Dépêchons.

Mais elle était tout de même un peu affaiblie par sa syncope. Son rythme s'est ralenti. Elle grommelait à mi-voix, puis, incapable de se contenir, elle m'a accablée de reproches.

– Franchement, Fanny, tu aurais mieux fait de t'abstenir.

– Mais elle m'a cherchée, madame !

Elle s'est arrêtée, a posé les mains sur ses hanches et m'a regardée dans les yeux.

– Marianne n'est pas un ange, nous sommes d'accord. Mais il était vital pour elle que personne ne soit au courant de sa situation.

– Vous le saviez, vous ? s'est enquise ma mère.

Mme Boutriquel s'est remise en marche, à petits pas précautionneux.

– Oui. Je l'ai croisée par hasard au moment où elle sortait du foyer. Elle m'a suppliée de ne rien dire à personne. Elle avait peur que les autres ne se moquent d'elle. Je me suis engagée à garder son secret.

– Elle vous a dit pourquoi elle était logée dans cette institution ? a demandé maman.

Elle le savait, elle. Monique le lui avait dit. Mme Boutriquel a hoché positivement la tête.

– Oui, mais j'ai promis de ne rien dire. Tu pourras le lui demander, au point où nous en sommes.

Nous étions arrivées derrière le collège. Nous

ne risquions pas de croiser du monde, la récréation était terminée depuis un quart d'heure. Mme Boutriquel a ouvert le portillon et nous a fait signe de la suivre. Nous avons regagné sa classe en passant par la chaufferie. Préoccupée par l'histoire de Marianne, je ne m'étais pas demandé pourquoi elle nous ramenait là.

Mme Boutriquel s'est dirigée vers son cabinet de curiosités. Elle en a déverrouillé la porte et nous a invitées à l'accompagner à l'intérieur. J'ai hésité, en entendant redoubler les froissements produits par les mille locataires de cet antre secret. À ma connaissance, personne à part elle ne s'y était aventuré. Ou n'en était revenu. Mes yeux ont mis du temps à s'habituer à la semi-pénombre, et mes narines à l'horrible odeur. Je me suis forcée à pénétrer plus avant, fixant le dos robuste et rassurant de mon professeur. Ma mère me suivait, sans émotion particulière.

Et c'est alors que je l'ai vue. Marianne. Nichée au fond du local, dans un fauteuil de cuir défoncé. Un gros rat gris dormait sur ses genoux.

– J'en étais sûre, a souri Mme Boutriquel. Te voilà.

cervelet

J'ai repensé aux dégoûts de Marianne, à sa phobie des bestioles. Je ne comprenais plus rien.

– Eh bien, les filles, je crois que vous avez des choses à vous dire. Viens, Florence. On va laisser ces demoiselles en tête à tête.

Et avant que j'aie pu protester, elle a entraîné ma mère hors de la pièce. Je me suis retrouvée seule avec Marianne, entourée de centaines de bêtes grouillantes. C'était cela, ma punition. On me livrait aux bêtes. J'ai serré les dents.

Mais d'abord rien ne s'est passé. Marianne caressait son rat, sans s'occuper de moi. Puis elle a désigné du menton une espèce d'escabeau.

– Assieds-toi.

J'ai obéi. Un gros lézard, vert, à hauteur de mes yeux, a tiré la langue derrière ses barreaux fragiles.

– Marianne, ai-je balbutié.

– Te fatigue pas.

Je me suis tue. Bizarrement, mon anxiété diminuait. Je m'attendais à affronter une fille blessée, convulsée de rage et de rancœur, mais je ne voyais dans ses yeux qu'une immense et très ancienne fatigue.

– Tu veux savoir pourquoi ma mère et moi on loge dans ce foyer ?

J'ai fait signe que oui, mais elle n'attendait pas de réponse de ma part. Elle regardait son rat. Je me suis demandé si ce n'était pas surtout à lui qu'elle s'adressait.

– Parce que mon père est en prison. Ma mère n'a pas de boulot. Elle ne pouvait plus payer le loyer. Les services sociaux ont proposé cette solution provisoire. Elle dure depuis plus d'un an. C'est triste, hein ? Du beau mélodrame. Ça doit te plaire, tu es si sensible.

En prison ! Voilà pourquoi ma mère faisait cette tête, l'autre soir, après son coup de fil à Monique.

– Pas de panique. Il a tué personne. Pour ce que j'en sais, du moins. Juste des arnaques, de l'argent détourné. Il voulait nous offrir le meilleur. Forcément. J'ai des goûts de luxe.

Pour la première fois, elle m'a regardée dans les yeux. Et j'ai vu son véritable visage. Débarrassée de sa mimique arrogante et de sa grimace méprisante, elle semblait presque humaine.

– En primaire, j'étais sage. Et du jour où mon père s'est fait prendre, on ne m'a plus adressé la parole. Heureusement, ma mère m'a inscrite dans ce collège où personne ne me connaissait. Alors j'ai décidé de ne rien dire, de jouer la comédie. Ça marchait plutôt pas mal, non ? Si tu veux être respectée, il faut être la pire. J'ai compris ça.

Elle n'avait pas tort. J'ai repensé à toutes les horreurs qu'elle avait balancées sur tout le monde, depuis le début de l'année, à ses ongles parfaits, à ses cils, à ses vêtements. Personne n'aurait pu se douter de quoi que ce soit.

– Même sur ta peur des petites bêtes, tu mentais ?

– Oui. C'est devenu un réflexe. Et puis ça m'aide. Quand la prof a découvert la vérité sur moi, je lui ai demandé si je pouvais venir ici de temps en temps, quand j'avais le cafard.

Le mot « cafard » l'a fait sourire. Je me suis soudain souvenue de l'attitude de Marianne quand Mme Boutriquel s'était évanouie. Elle n'avait pas eu l'air particulièrement affectée par son accident. Et pourtant, notre professeur avait été adorable avec elle. Marianne n'était « pas un ange », en effet. C'était une fille un peu égoïste et vaniteuse. Comme une autre. Comme moi. Comme tout le monde.

– Je suis désolée, ai-je repris. J'ai trahi ton secret. C'est à cause de ma mère. Elle a deviné quelque chose, quand tu l'as frappée, l'autre jour. Ensuite, on t'a suivie et…

Je me suis mordu les lèvres, espérant vainement qu'elle ne m'ait pas écoutée attentivement. Mais à la façon dont elle me regardait, j'ai compris que cette nouvelle bévue était irrémédiable.

– Ta mère ?

– Non, je veux dire, ma cousine.

Un nouveau silence s'est installé. Marianne réfléchissait. Elle mettait en relation les éléments. Mon père au volant, ma mère auscultant Mme Boutriquel, notre ressemblance. Ses yeux se sont agrandis.

– Non, attends. C'est pas possible !

À ce moment, j'ai su que je ne pourrais pas faire autrement que de tout lui dire. Et que c'était peut-être même la meilleure chose à faire. Lui offrir mon secret en échange du sien. Après, nous serions quittes. Je crois aussi que j'étais assez fière de pouvoir lui servir quelque chose d'encore plus phénoménal qu'un père en prison.

– Bon, ai-je soupiré. Tu es assise, ça tombe bien. Accroche-toi à ton rat.

Quand Mme Boutriquel et ma mère ont ouvert la porte du cabinet, Marianne leur a fait signe de la refermer. Elle avait encore une centaine de questions à me poser. De temps en temps, grattant vigoureusement la nuque de son rongeur, elle répétait : « C'est dingue », d'une voix mélodieuse, comme une cloche dans le lointain.

En tout cas, j'avais bien fait. Marianne ne m'en voulait absolument plus de l'avoir trahie, c'était évident. Nous étions tombées d'accord sur le fait que nos parents étaient la cause de tous nos problèmes. Il ne nous restait plus qu'à unir nos forces pour trouver une solution.

– À mon avis, tu devrais tout dire à Boutriquel.

Je n'en étais pas si convaincue, craignant que la vieille sorcière ne leur administre une potion diabolique qui les achèverait. Mais, quand nous sommes sorties du local, clignant des yeux dans la lumière, elle nous a accueillies en tapotant le mur :

– Je vous rappelle que la cloison n'est pas très épaisse, les filles. J'ai tout entendu. Ne vous fatiguez pas. De toute façon, j'avais déjà compris. C'est pour ça que j'ai fait venir ta mère, Fanny, je voulais faire le point avec elle. C'est aussi pour ça que j'ai confié la classe à Arnaud. Il a de la ressource.

– Mme Boutriquel est très perspicace, a commenté maman, un peu vexée.

– Vous savez, avec la nature, il ne faut s'étonner de rien, a répondu modestement notre professeur. Depuis le temps que je fouille dans des tripes, que j'épluche des cerveaux, que je décortique des cœurs, j'en ai vu, des bizarreries !

Elle a allumé une grosse bouilloire, posée sur sa paillasse.

– Mais c'est la première fois que j'assiste à une régression temporelle aussi impressionnante. Et double, en plus ! J'avais lu des témoignages de ce genre dans des grimoires médiévaux mais j'y croyais à moitié.

– Et est-ce que vos grimoires précisaient si le phénomène pouvait s'inverser ?

Mme Boutriquel a paru un peu gênée.

– Ma foi, pour être franche, je n'en suis pas sûre. Si ça se trouve, vous mettrez vingt-cinq ans à retrouver votre âge. Remarquez, il faut voir le bon côté des choses ! Beaucoup aimeraient être à votre place !

Mais maman ne semblait pas du tout de cet avis. Je devinais qu'elle pensait à ses patients, à ses amis, au crédit de la maison, au travail de papa. Mais c'était peut-être tout simplement parce que la vie des jeunes est invivable pour les adultes. Depuis aujourd'hui, elle se plaisait moins, en sixième.

Mme Boutriquel s'est fait raconter en détail comment avait eu lieu la transformation de mes parents. Le problème était qu'on ne le savait pas exactement. Ils s'étaient endormis vieux, réveillés jeunes.

– Pour moi, c'est le contraire qui s'est passé, a soupiré Mme Boutriquel en regardant ses mains ridées.

Je n'ai pas compris ce qu'elle voulait dire exactement.

Au bout d'un moment, nous sommes allés rejoindre le groupe, autour du marécage. Il était temps parce que papa paraissait un peu débordé. Les garçons avaient organisé un jeu de commando et rampaient dans la vase, tandis que les filles papotaient autour d'un jus de fruits apporté par Yseult. Il faisait doux. Un peu fatiguée par son accident, Mme Boutriquel a eu du mal à remettre tout le monde au travail, mais la journée s'est achevée sans nouveaux problèmes. Marianne ne m'a pas quittée. Elle passait son temps à imaginer des expériences pour essayer de sauver mes parents. Visiblement, elle était beaucoup plus détendue et pensait moins à ses problèmes. Personne ne lui a posé la moindre question. À notre retour, Bernard nous a accueillis dans la cour.

– Vous avez l'air en pleine forme ! a-t-il lancé. Voilà ce qu'il leur faut, aux jeunes, des journées paisibles dans la nature, sous la houlette d'un professeur expérimenté. Regardez-les ! On dirait Blanche-Neige et ses petits nains rentrant du boulot !

Depuis que mes parents étaient dans ma classe, Bernard abusait un peu de la bouteille brune qu'il cachait sous son bureau. Il était vraiment temps que les choses rentrent dans l'ordre.

Nuit d'horreur

Mais une semaine plus tard, rien n'avait changé. Et ce n'était pas étonnant. Monique nous l'avait confirmé par téléphone : depuis que mes parents venaient au collège, ma vie s'améliorait de jour en jour. Outre l'intérêt que Joseph me témoignait par l'entremise de mon père, j'avais gagné l'amitié de Marianne. Amitié est peut-être un mot un peu fort, mais elle me parlait, me posait des questions et adorait ma mère. Mme Boutriquel s'était presque radoucie, j'avais constaté que l'on pouvait survivre parmi ses petits compagnons, et j'avais moins peur du cours de SVT. D'autant que notre professeur nous laissait souvent travailler seuls pour se plonger dans la lecture de grimoires anciens où elle espérait trouver un remède pour mes parents.

Trois jours plus tôt, un photographe était venu faire les photos de classe. J'avais posé au milieu de mes parents. Il y aurait donc une preuve, plus tard, pour mes enfants et mes petits-enfants, qui ne voudraient jamais me croire.

Découragée par la bizarrerie des soi-disant cousins, la CPE n'insistait plus pour les recevoir dans son bureau. Bernard s'était résigné à leur présence. Une bonne ambiance s'était installée dans la classe depuis la sortie nature. Mon père était devenu très populaire grâce aux objets qu'il faisait circuler et à sa connaissance encyclopédique du cinéma. Personne ne comprenait comment il avait pu voir tant de films dans sa si courte vie.

En somme, tout était au mieux. Seul un drame, un événement catastrophique aurait pu motiver mon subconscient à expulser mes parents du monde doré qu'ils avaient contribué à créer. C'est du moins ce que j'avais compris des explications de Monique.

Mes grands-parents aussi étaient heureux. Tous les soirs, de nouveaux amis venaient nous rendre visite. Il m'avait bien semblé que Joseph, maintenant que d'autres garçons sollicitaient mon père, s'autorisait davantage à m'adresser la parole.

En une semaine, nous avons eu quatre conversations, dont une de presque douze minutes. Et si, depuis le début, son unique objectif était de m'approcher ? S'il était fou de moi mais trop timide pour me l'avouer ? Pour se l'avouer ? Si sa passion pour les vêtements du siècle passé n'était qu'un prétexte ? Plus je repensais à la phrase commençant par « m », qu'il n'avait pas prononcée, plus j'étais sûre qu'il voulait dire « moins que toi ». Objectivement, il n'y avait pas d'autre solution. Il me trouvait plus belle que Marianne. Certes, ses goûts vestimentaires laissaient planer un doute sur la valeur de son jugement esthétique, mais tant pis.

De leur côté, mes parents étaient parvenus à gagner du temps, sur le plan de leur situation professionnelle. Maman avait finalement autorisé Ghislaine à appeler la remplaçante et papa avait juré à son chef qu'il était sur un projet énorme, qu'il avait saisi une occasion, qu'il ne pouvait rien dire pour le moment mais qu'on allait « fracasser les scores » d'ici peu. Turpin, son patron, adorait qu'on lui promette de fracasser les scores. Il avait accepté d'accorder à papa deux semaines supplémentaires de délai sans lui poser de questions.

Enfin, convaincue par les crêpes de mamie, maman ne parlait plus jamais de surpoids, ni d'analyses, ni de cholestérol. Elle regardait souvent le sport à la télé, avec papi.

Depuis la sortie nature, bien sûr, l'affaire de l'accident avait fait le tour du collège. Chacun avait raconté, sous le sceau du secret, à ses meilleurs amis, que mon père avait pris le volant d'une voiture. Bernard avait reçu quelques coups de fil de parents inquiets, mais comme il n'existait aucune photo de l'événement, il était parvenu à les convaincre que les jeunes avaient beaucoup d'imagination et que les sorties nature de Mme Boutriquel étaient, chaque année, une source inépuisable de légendes. Bernard maîtrisait l'art d'étouffer les scandales. Selon papa, il était promis à une belle carrière.

Un matin, à la récré, Marianne a failli me faire mourir de crise cardiaque. Comme d'habitude depuis maintenant une semaine, nous discutions toutes les trois, avec maman, dans un coin tranquille, loin des bousculades. Elle m'a adressé un sourire mutin, yeux mi-clos, et a dit calmement :

– Il te regarde encore. Il est complètement fou de toi.

Dans l'affolement, j'ai eu recours aux expédients habituels : rire stupide, yeux au ciel, grignotage de l'ongle, visage subitement triste. Rien n'y a fait. Elle a insisté.

– Il cause avec ton père, là-bas, mais il ne te quitte pas des yeux.

C'était plus fort que moi, je me suis retournée, moins d'une demi-seconde, pour vérifier ses dires. Elle ne mentait pas. Joseph, posté en périphérie d'un groupe dont mon père était le centre, me couvait d'un regard tendre et niais ne laissant aucun doute sur ses sentiments. Je ne m'en étais pas aperçue jusqu'alors parce que personne n'avait eu la charité de m'en informer.

– De qui tu parles ? ai-je piteusement demandé.

– Ça va, Fanny ! a tout de suite coupé Marianne.

Je n'ai pas insisté. J'avais encore un peu peur de son sale caractère.

– Ce qu'il y a, c'est que tu es trop timorée, avec lui, a renchéri maman.

Pitié, non. Pas ça. Je pouvais tout endurer sauf les conseils de ma mère à propos de Joseph. J'ai voulu protester, mais Marianne et elle étaient déjà en train d'échanger leurs points de vue sur mon cas. Et à en juger par le naturel avec lequel elles le faisaient, ce n'était pas la première fois qu'elles abordaient la question.

– Joseph, il est mignon mais, franchement, il est mou.

– Inerte, je dirais.

– C'est à elle de prendre l'initiative.

– Ouais. Sinon on y sera encore au mois de juin.

Marianne réfléchissait. Elle paraissait s'impliquer beaucoup dans l'organisation de ma vie sentimentale. J'ai voulu intervenir, mais c'était comme si je n'étais pas là. En plus, le regard de Joseph que je sentais maintenant dans mon dos me paralysait.

– Je peux aller lui parler, à Joseph, a proposé Marianne.

– Non, moi. Je la connais mieux. C'est ma fille.

– Et alors ? Je ne vois pas le rapport.

Là, tout de même, j'ai trouvé le moyen de hurler. Du moins, j'en ai eu l'intention. Je suis parvenue à émettre un hoquet de noyé ramené in extremis à la vie après une heure de massage cardiaque.

– Non !

– Comment ça, non ? a demandé ma mère, un peu agacée, comme si je recommençais avec mes caprices.

– Il est hors de question que quelqu'un parle de moi à Joseph. Je préfère être dévorée vivante par les fourmis rouges de Mme Boutriquel.

Cette nouvelle donnée a dû être formulée avec une conviction assez convaincante, car mes deux interlocutrices ont hoché la tête en même temps, cherchant déjà un nouvel angle d'attaque.

– Il faut organiser quelque chose, a suggéré ma mère.

– Bonne idée. Une fête. Dans les fêtes, il se passe des trucs.

Comme j'imaginais mal que Marianne ait la possibilité de donner un bal dans son foyer, j'ai vu venir très vite la seule autre solution catastrophique. Une soirée chez mes grands-parents. Toute la classe en train de se dandiner dans le salon, mon père en profitant pour passer ses disques antiques, tous les yeux braqués sur Joseph et moi. Les fourmis de Mme Boutriquel me paraissaient de plus en plus sympathiques, à mesure que cette vision s'étoffait dans mon esprit exténué.

– Non, écoutez, c'est gentil mais...

– Elle a raison. Les fêtes, c'est nul, a tranché Marianne. On va trouver mieux.

– Je vais en parler à Arnaud. Je te tiens au courant, a promis maman.

Évidemment, c'était à Marianne qu'elle s'adressait. D'ailleurs, sans plus me prêter attention, elles se sont éloignées pour poursuivre leur conversation plus tranquillement.

C'était comme si j'avais deux mères. Deux mères de mon âge. Je ne souhaite à personne de traverser pareille épreuve.

Malgré tous mes efforts, mes velléités de chantage, et même quelques larmes assez réussies, je n'ai pu la dissuader de consulter mon père. Depuis qu'ils étaient jeunes, je les manipulais moins facilement. À la cantine, ils se sont isolés pour mettre au point une stratégie. Le soir, dans la voiture, papa m'a exposé son plan.

– On va organiser une nuit de l'horreur.

J'ai espéré qu'il plaisantait, mais j'ai reconnu sa tête des grands jours, comme quand il vient d'avoir une nouvelle idée de scénario. Maman arborait un sourire approbateur des plus déconcertants.

– C'est rigolo, ça ! a dit mamie.

– Oui, tu te souviens, maman ? On faisait ça, autrefois.

Il s'est tourné vers moi pour m'expliquer. J'ai été presque contente qu'on se rappelle que j'existais.

– Le concept est simple : il y a les victimes et le tueur. Comme dans les films d'épouvante. On éteint toutes les lumières. Le mieux, même, est de disjoncter carrément pour ne pas être tenté de rallumer. Le tueur, muni d'une lampe torche, poursuit les victimes après leur avoir laissé quelques minutes pour se cacher dans la maison. Le dernier survivant gagne.

– Je crois que j'ai gardé la machette en mousse que tu avais fabriquée pour tes douze ans, a annoncé papi.

Aucune aide à attendre de lui, donc.

– Comme ça, on dirait une partie de cache-cache, mais quand on joue de nuit, dans une vaste demeure, je peux te dire que ça titille les nerfs. Halloween approche, ça va tomber pile poil !

– Et puis, a développé maman, ce jeu offre beaucoup d'occasions de se réfugier dans les bras de quelqu'un, quand on a trop peur.

– C'est vrai, a modulé papa, rêveur. Ce que j'ai pu emballer avec ce truc-là.

À cet instant précis, ils se sont tous tournés vers moi, y compris papi, et m'ont simultanément adressé un clin d'œil.

La nuit de l'horreur. Je saisissais très bien le concept, en effet.

Le soir même, papa a envoyé un mail d'invitation à ses copains de la classe, en leur demandant de transmettre aux autres. Les réponses, toutes positives, ont afflué. Mes grands-parents, après d'âpres négociations, ont obtenu de participer, déguisés en morts-vivants pour pimenter la soirée. Maman s'est occupée du repérage. Elle parcourait toute la maison pour inventorier les cachettes, tout en établissant une liste d'accessoires décoratifs, crânes en carton, rideaux noirs, toiles d'araignée. Il est apparu que mon père possédait une pleine malle d'éléments de ce genre, la plupart confectionnés par ses soins. Il les a manipulés un à un avec nostalgie, s'attardant particulièrement sur des têtes réduites en papier mâché, très réalistes.

Moi, je poursuivais maman de pièce en pièce

– et la maison de mes grands-parents est immense, comme on le sait – en m'efforçant de la dissuader. J'ai tout essayé mais rien n'y a fait. Où était passé le formidable pouvoir que j'exerçais sur eux, quelques semaines plus tôt à peine ?

– Et puis, a asséné maman, si tu sors avec Joseph, à mon avis, nous retrouverons nos corps d'adultes. Tu auras d'autres préoccupations que nous.

– Ah bon ? Quoi, par exemple ?

– Tous les bonheurs de l'amour. Les heures de préparation le matin pour être au top, la surveillance continue de ton partenaire, les crises de larmes chaque fois que tu le soupçonneras d'avoir posé les yeux sur une autre.

– Une autre ? Quelle autre ?

– Beaucoup de filles se pressent au portillon. Joseph est beau gosse. Tu n'as pas remarqué que Morgane, Clémentine, Georgette, Léopoldine et Berthe lui couraient après ?

– Quoi ? Ces gourgandines ? J'aimerais bien voir ça !

« Gourgandine » est un mot que m'a appris mamie. Il définit très bien les filles en question.

– Je constate, a souri maman, que notre projet semble te motiver davantage.

Confondue par la perspicacité de ma mère, je me suis dit qu'elle n'avait peut-être pas tort. Au fond, si toute la famille se mobilisait pour m'aider à conquérir Joseph, j'aurais vraiment été stupide de m'y opposer. J'ai donc continué à protester énergiquement. Mais maman savait déjà qu'elle avait gagné.

Halloween tombait le samedi suivant. Nous n'avions plus beaucoup de temps pour préparer la maison.

L'éducation sentimentale

Une autre preuve – indiscutable – que j'approuvais le projet «Nuit de l'horreur» était que mes parents n'avaient pas repris leur forme de parents quand Halloween est arrivé. En y réfléchissant, bien sûr, j'étais d'accord avec moi. J'avais tout à gagner à ce que cette fête ait lieu. Elle promettait même d'être plutôt amusante. D'ailleurs, tout était beaucoup plus drôle depuis qu'ils étaient dans ma classe. Il y régnait une folie légère que nous ne connaissions pas avant. J'étais presque heureuse de me lever pour aller en cours. La conclusion était sans appel: les jeunes entre eux sont beaucoup trop sérieux.

Les invités sont arrivés à l'heure. Papi et mamie s'étaient donné beaucoup de mal pour rassurer les parents venus déposer leur précieuse progéniture. La table du salon croulait sous les gâteaux, les boiseries étincelaient, un bon feu flambait dans la cheminée, tout ressemblait à s'y méprendre à une gentille fête pour collégiens, patronnée par un couple d'aïeuls respectables.

Quand certains parents s'étonnaient encore que les miens ne soient pas là, papi leur servait l'explication convenue : madame avait été appelée au chevet d'un patient grabataire, perdu dans la campagne, monsieur assistait à une avant-première. De toute façon, mes grands-parents rassurent, avec leurs bons visages ridés et souriants. Mamie frissonne en regardant le ciel et commente la baisse des températures, papi ébouriffe les têtes en se fendant d'un « Alors, mon garçon ? » qui fait se rengorger les mères, fières d'avoir engendré un garçon qu'on ébouriffe.

J'ai oublié de préciser que papi et mamie avaient fini par décrocher un véritable rôle dans cette nuit de l'horreur. Il ne s'agissait plus du tout d'être figurants. Ils avaient obtenu de jouer les tueurs, faisant valoir qu'il était beaucoup plus intéressant que les assassins soient deux. Ils pourraient s'organiser, l'un rabattant les victimes vers les griffes de l'autre. Nous avons fini par y consentir, puisqu'on ne peut jamais s'opposer à eux très longtemps.

Marianne est venue seule. Elle semblait impressionnée, dans le grand vestibule.

Une fois tous les parents repartis, mon père a donné le signal.

– OK, maintenant, les ancêtres, on se met en tenue.

Papi et mamie ne se sont pas fait prier. En courant presque, ils se sont retirés dans leur chambre. Pendant ce temps, maman invitait les convives à se rapprocher du buffet.

– Mangez un morceau. Prenez des forces, vous en aurez besoin.

Moi, évidemment, je n'ai rien pu avaler, à cause de Joseph. Il m'avait fait un clin d'œil dès son arrivée. Ça ne m'a pas du tout fait le même effet que ceux des membres de ma famille, dans la voiture. Il y a clin d'œil et clin d'œil. Le sien était plein de malice et, oui, de promesses. Dès que le jeu serait lancé, m'avait expliqué mon père, je devais lui attraper la main et l'entraîner dans le grenier. Un coin secret où nous serions tranquilles.

Une excellente ambiance s'est installée très vite. On s'empiffrait, on parlait la bouche pleine. Les timides se réchauffaient, les intrépides trépignaient d'impatience. Pour éviter les jalousies, on avait vraiment invité toute la classe, même les abrutis. Évariste a sorti son portable pour prendre des photos mais mon père lui a demandé de l'éteindre et de l'enfermer dans un tiroir du buffet.

– Trop facile, a-t-il expliqué. Tu crois que les femmes de Barbe-Bleue avaient un téléphone pour appeler du secours avant qu'il ne les égorge ?

Cette petite phrase innocente a quelque peu refroidi l'enthousiasme des participants. Il est vrai que papa sait se composer facilement une figure de boucher psychopathe. Il sourit largement, dévoilant ses canines où perle toujours un peu de salive. Évariste lui a confié son portable à contrecœur.

Les rires se sont tus quand mes grands-parents sont apparus. J'avais beau m'y attendre, je n'ai pu m'empêcher de me serrer contre Marianne.

Papi s'était déguisé en mort-vivant. Ses haillons laissaient voir des pans de peau verdie striée de cicatrices très réalistes. Il avait ôté son dentier et mâchouillait quelque chose de rouge. Il a brandi une sorte de long sabre ébréché.

– Pas mal, hein ? Il est en plastique mais il fait de l'effet.

Dans son enthousiasme, il a brandi l'arme un peu trop brusquement. La lame a sifflé et éraflé au passage l'avant-bras de Marguerite. Quelques gouttes de sang ont coulé. Quelqu'un a poussé un cri aigu.

– En plastique, oui, mais parfaitement aiguisé, a avoué papi, apparemment ravi.

Mamie avait revêtu une espèce de peau de vache aux lourds relents de champignon. Tout laissait soupçonner qu'elle ne portait pas grand-chose dessous. Elle avait défait son chignon. Je ne me doutais pas que ses cheveux étaient aussi longs. Ils se dressaient par touffes grises et lui cachaient la moitié du visage. Quand elle a voulu s'approcher de Marguerite pour voir si son égratignure n'était pas trop profonde, celle-ci lui a assuré que ce n'était pas la peine et qu'elle se sentait déjà beaucoup mieux.

– Bon, a dit mon père. Tout le monde est prêt ? Dans un petit moment, je vais couper l'électricité. La règle est simple. Si les deux tueurs vous trouvent et vous touchent, vous êtes morts. Nous allons vous distribuer des lampes électriques mais, évidemment, vous avez intérêt à ne pas vous en servir, si vous ne voulez pas être repérés.

Tout à coup, je me suis sentie vraiment inquiète. Dans leur état normal, ni mes parents ni mes grands-parents n'auraient autorisé une fête aussi dangereuse. Dans le noir, tout pouvait arriver. Quelqu'un risquait de tomber dans l'escalier, de se cogner la tête dans des poutres. Leur métamorphose les rendait complètement irresponsables. Et moi, aveuglée par mon amour, je ne valais pas beaucoup mieux qu'eux.

J'ai failli tout arrêter et mettre la musique pour qu'on danse bêtement. Mais j'ai croisé à nouveau le regard de Joseph. Je me suis rappelé que mes parents avaient déjà organisé des nuits de l'horreur dans cette maison et qu'il n'y avait pas eu d'accident.

Pas à ma connaissance, en tout cas.

– C'est parti ! a murmuré mon père.

Il s'est rendu dans le vestibule pour actionner le bouton du disjoncteur. Toutes les lampes se sont éteintes.

D'abord, il y a eu quelques secondes d'obscurité complète. Impossible de voir nos mains. Puis nos yeux se sont un peu habitués. L'écran de la télé produisait une lueur grise reflétée par les vitres. J'ai pu discerner quelques silhouettes. J'en ai profité pour me rapprocher de Joseph, dont j'avais repéré la position.

Tout à coup, Griselide a poussé un long cri d'effroi. Papi venait d'allumer sa torche et de la braquer sur son propre visage. Le résultat était insupportable. On croyait voir la tête coupée d'un cadavre flottant au-dessus du sol.

– Dispersez-vous, malheureux ! Fuyez !

– Vite ! a renchéri mamie. Sinon, les premiers sacrifices auront lieu ici.

Je dois dire que, même moi, je n'étais pas rassurée. Nous étions peut-être au début d'un fait-divers sanglant. Le lendemain, les journaux titreraient : « Un couple de retraités paisible perd la raison et extermine une classe entière. »

Tout le monde a pris ses jambes à son cou. Le plancher a tremblé, ébranlé par les cavalcades. Heureusement, la panique des autres m'a plutôt calmée. J'ai rejoint Joseph, je l'ai pris par la main pour l'entraîner vers les escaliers. Il a d'abord eu un mouvement de recul puis, après avoir sondé l'obscurité pour voir qui l'agrippait si fermement, a exercé une douce pression sur mes doigts. Nous nous sommes mis à courir ensemble. C'était, de loin, le plus beau moment de ma vie.

J'ai un souvenir flou de la suite. Tout le monde s'est égaillé dans les recoins les plus divers, espérant échapper à la folie meurtrière de mes grands-parents qui, maintenant, émettaient une sorte de grognement continu de démons affamés. Je ne voyais plus mes parents, ni Marianne. Je ne voyais plus personne. Il n'y avait que la main de Joseph dans la mienne. Nous sommes arrivés au premier étage. J'ai emprunté l'interminable couloir desservant les chambres où j'entendais que certains se dissimulaient. Les malheureux ! Mes grands-parents connaissaient parfaitement toutes les cachettes. Et mamie est très souple. Je l'ai déjà vue se glisser sous les penderies pour y traquer la poussière.

Tandis que nous progressions dans le couloir, longeant les portes sans les ouvrir, j'ai vu s'allumer et s'éteindre rapidement quelques torches.

Les invités cherchaient à se repérer, à reconnaître leurs compagnons d'infortune. La tête de Roland est apparue brièvement, a replongé dans l'ombre. J'ai reconnu le bras de Camille, le dos d'Yseult.

– On va où ? a demandé Joseph.

– Tu vas voir.

Il était entièrement en mon pouvoir. D'ailleurs, il me serrait la main. Moins comme un amoureux que comme un petit garçon craignant de perdre sa maman. C'était adorable. Je l'ai précédé dans une petite pièce vide, d'où partait un escalier en colimaçon montant au grenier. Autrefois, il était utilisé par les bonnes logées sous les toits.

– Ils étaient impressionnants, tes grands-parents, déguisés comme ça.

– C'est vrai, j'avoue.

Nous avons gravi les marches en tâchant de ne pas les faire trop craquer. Dans le lointain, des cris ont retenti, mélange de pure panique et de sauvagerie totale. Une première victime avait dû être exécutée. La main de Joseph est devenue moite.

– C'est, comment dire ? très réaliste, ces hurlements.

– Oui. J'espère que mon grand-père réussit à

se contrôler. Il a fait un ou deux séjours en hôpital psychiatrique, autrefois. On n'a jamais su pourquoi.

J'ai deviné qu'il tournait vers moi un visage affolé. Puis il a compris que je plaisantais. Il l'espérait, du moins. Il n'a pas posé de questions pour ne pas paraître lâche mais il n'en menait pas large. C'était très agréable. Un garçon terrifié se laisse plus facilement embrasser. Nous sommes arrivés dans le grenier.

Mes grands-parents m'avaient promis qu'ils y monteraient le plus tard possible, pour me laisser du temps. C'était à moi de jouer, maintenant. La lumière de la pleine lune nimbait les coffres, les chaises dépaillées, les jouets poussiéreux, les machines à écrire. Il faisait froid, nos pas soulevaient des nuages de poussière. Un vrai grenier, romantique, mystérieux. Le cadre idéal pour mon futur plus beau souvenir. Je m'entendais déjà tout raconter à Marianne.

Mais Joseph était trop nerveux. À peine arrivé, il a plaqué son oreille au sol, pour essayer d'évaluer la progression des deux tueurs. De temps en temps, des gémissements montaient des étages inférieurs, alternant avec des glapissements sauvages, des chocs, le raclement de gros objets déplacés, des meubles ou peut-être des corps.

– C'est assez réussi, a-t-il commenté en s'efforçant de prendre un ton détaché.

– Imagine une seconde : de véritables criminels ont appris que je donnais cette soirée de Halloween. Ils se glissent dans la maison et assassinent vraiment les invités qui ne se méfient pas, puisqu'ils croient que c'est un jeu.

Joseph a émis un petit gloussement sec.

– Idée intéressante. Mais, heu… toutes les portes extérieures sont verrouillées.

– Tu rigoles ? C'est une vieille maison, tout le monde pourrait y entrer comme il veut. Surtout des tueurs professionnels.

Il n'a même plus essayé de se forcer à ricaner. Il avait vraiment la trouille. Je ne sais pas trop pourquoi je m'amusais à jouer avec ses nerfs. Peut-être que son manque de courage m'agaçait un peu.

– Il y a moyen de se barricader dans le grenier ?

Il arpentait la vaste pièce, maintenant, en veillant à ne pas faire trop de bruit, cherchant des cachettes.

– Impossible. Mes grands-parents m'ont toujours dit qu'ils connaissaient une entrée secrète. Pas la peine de se fatiguer à déplacer une armoire pour bloquer les portes. Et puis, ça attirerait forcément leur attention. Ils ont l'ouïe très fine pour leur âge.

Mon idée était de m'enfermer avec lui dans une vaste malle pleine de costumes de théâtre. Là, forcément, nos bouches finiraient par se rencontrer. Nous pourrions difficilement ne pas être serrés l'un contre l'autre. J'en bouillais d'impatience.

Malheureusement, j'avais eu tort de m'amuser à lui faire peur. Il s'est mis à tourner en rond, comme les souris de Mme Boutriquel.

– Il ne faut pas rester là. C'est un piège. S'ils montent, on est fichus.

À l'entendre, j'avais l'impression qu'il prenait très au sérieux mon hypothèse des meurtriers subrepticement introduits dans la maison.

– Mais… là-bas, il y a une grande malle qui…

– Une malle ? Tu es dingue ? Autant leur servir directement nos têtes sur un plateau.

L'image m'a mise un peu mal à l'aise mais il n'avait pas tort.

– Qu'est-ce que tu proposes, alors ?

– On redescend. L'erreur, c'est de se cacher. Il vaut mieux rester dans un couloir, à un palier, un endroit d'où on peut fuir facilement.

Et voilà. J'avais tout gâché. Il a ouvert doucement la porte et tendu l'oreille. Un cri lointain a traversé la nuit. Il m'a semblé reconnaître la voix d'Évariste, déformée par la peur ou peut-être par la douleur. En tout cas, elle venait de loin, probablement du rez-de-chaussée. La voie était libre. Il s'est élancé dans l'escalier, je l'ai suivi.

Dans les étages inférieurs, on pouvait dire que la fête battait son plein. Des silhouettes se déplaçaient furtivement le long des murs, en solitaire ou par groupes. De temps à autre, quelqu'un allumait sa torche et un faisceau blanc faisait briller des yeux. Tout le monde paraissait s'amuser beaucoup. J'ai suivi Joseph. Il cherchait le meilleur endroit où se poster. Il avait moins peur, apparemment, depuis qu'il était descendu du grenier. Je me suis maudite d'avoir raté l'occasion. Et lui ? Pourquoi ne s'était-il pas déclaré, s'il m'aimait, comme le prétendaient ma mère et Marianne ?

Je n'ai pas eu le temps de mener très loin mes

réflexions. Dans le halo jaunâtre de leurs lampes de poche, mes grands-parents sont apparus à l'extrémité du couloir. J'ignore d'où ils sortaient exactement, mais ils se sont trouvés là et tout le monde s'est mis à crier en même temps. Il est vrai qu'ils étaient impressionnants. À fond dans leur rôle. Mamie ricanait comme une goule hystérique et papi faisait des moulinets avec son sabre. Gwendoline n'a pas eu le temps de s'échapper. La lame a tournoyé dans le noir et s'est posée, un peu brutalement, sur son épaule gauche.

– Morte ! Tu es morte ! a braillé mamie.

Et elle a tiré de sa poche un gros rouleau de ruban adhésif épais à l'aide duquel elle a ligoté la malheureuse, aidée par son mari dont la respiration saccadée évoquait celle du prof d'histoire au moment d'un contrôle surprise.

– Les morts ne doivent pas bouger ! scandaient-ils en cadence.

La vitesse de leurs mouvements m'a beaucoup impressionnée. On sentait qu'ils avaient l'habitude, maintenant, de saucissonner leurs victimes. Combien d'entre nous gisaient sur le carreau, se tortillant comme des grosses chenilles ?

La panique s'est emparée de tous les témoins. Certains se sont jetés dans les marches qu'ils ont gravies ou descendues quatre à quatre. D'autres ouvraient au hasard les portes des chambres. Un petit groupe est monté vers le grenier. Dans la bousculade, j'ai lâché la main de Joseph. Quelqu'un, en passant, m'a heurtée et propulsée contre le mur. Toutes les lampes s'étaient éteintes, je suis tombée. Quand je me suis relevée, Joseph avait disparu. Papi et mamie avançaient vers moi, à pas pesants, comme un couple de zombies en maraude. J'ai pris mes jambes à mon cou.

La suite est, à nouveau, très floue. J'étais seule, je courais dans le noir, folle d'inquiétude. Je ne sais plus du tout comment je me suis retrouvée dans la chambre de papa.

D'abord, j'ai cru que j'y étais seule. Ce n'était pas si étonnant. Cette chambre n'était pas facile d'accès. C'est la raison pour laquelle papa l'avait choisie. Elle se trouvait au bout d'un couloir latéral, dans une sorte de tourelle. Sa porte était étroite, on pouvait croire qu'il s'agissait de celle d'un placard et passer devant sans s'arrêter.

J'ai poussé un profond soupir et me suis aperçue que je grelottais. La nuit de l'horreur était au moins aussi réussie que la sortie nature. Ensuite, j'ai essayé de rassembler mes idées. Il fallait voir les choses en face, le plan avait échoué. J'avais raté le coche. Toute cette énergie déployée pour rien! Le découragement m'est tombé dessus sans crier gare. J'ai pensé à mes parents enfermés dans leurs corps d'enfants pour une durée indéterminée, à mes grands-parents qui n'avaient pas l'air de tourner très rond, à Joseph, perdu quelque part dans le noir, si proche et inaccessible. J'en ai conclu que j'avais bien mérité une pause sanglots. Je me suis enfoncée dans les profondeurs de la chambre. Je voulais m'installer au cœur du néant pour pleurer tout mon soûl, seule, abandonnée, tranquille. J'ai trouvé le grand lit, je me suis glissée dessous.

Mais, au moment où je m'apprêtais à laisser s'exprimer mon chagrin, la porte s'est ouverte et refermée.

J'ai entendu des chuchotements. Deux voix. Deux voix que je connaissais.

Comme, à l'évidence, il ne s'agissait pas de mes grands-parents, j'ai failli sortir de ma cachette pour les rejoindre. Mais quelque chose m'a retenue.

L'une des voix était celle de Joseph.

Comme il parlait vite, je n'ai pas tout de suite prêté attention au sens des paroles. J'ai cru qu'il était encore tout ému par le jeu nocturne, et qu'il faisait le récit de ses aventures. Mais, peu à peu, j'ai capté certains mots, que je n'ai pu m'empêcher de lier entre eux.

La signification de son discours était cruellement claire.

J'étais en train d'entendre une déclaration d'amour.

Qui ne m'était pas adressée.

J'ai connu, pourtant, quelques secondes d'espoir absurde. Après tout, on était dans le noir. Je n'étais pas certaine d'avoir entendu deux voix. Et si Joseph était entré seul dans la chambre ? Si c'était à moi qu'il parlait ? Certes, j'étais terrée sous le lit, mais il avait peut-être allumé sa torche une seconde, le faisceau s'était posé sur mon visage égaré, il avait éteint sa lampe, fermé les yeux et, prenant son courage à deux mains, débité la tirade qu'il me destinait depuis la seconde où il m'avait rencontrée et où l'amour l'avait définitivement foudroyé.

Non.

Il y avait bien deux voix.

Mes oreilles, maintenant, bourdonnaient tant que je parvenais à peine à percevoir les sons. Une sorte de réflexe d'autodéfense. Et je fermais les yeux si fort que des sphères mauves flottaient derrière mes paupières. Jamais je n'avais autant désiré ne pas exister. Malgré tous mes efforts, je ne reconnaissais pas la seconde voix.

J'ai fait un énorme effort pour décrisper mes tympans. J'ai entendu Joseph dire :

– Depuis toujours. Depuis le jour où je t'ai vue pour la première fois.

Et l'autre a répondu :

– Non, Joseph, lâche-moi. Tu me fais mal.

La fille n'était pas d'accord. C'était une consolation. Maigre, mais tout de même. Et puis j'ai reconnu la propriétaire de la voix. Marianne. Bien sûr. Il n'y avait pas de hasard. Pas de miracle. Les beaux garçons aiment les belles filles. C'est écrit dans tous les livres, montré dans tous les films. L'autre jour, à la récré, ce n'était pas moi que Joseph dévorait des yeux.

Je n'ai pas pu supporter plus longtemps d'être là, sous ce lit, dans ce noir.

La fête était finie. C'en était fait des innocents massacres, des tueries joyeuses. On pouvait rallumer les lumières. La seule victime de cette nuit d'horreur, c'était moi. Et j'étais touchée en plein cœur.

Je me suis levée, j'ai allumé ma torche et je l'ai braquée sur les deux silhouettes, debout près de la fenêtre. J'ai crié :

– Lâche-la, Joseph !

Et, tandis que ma bouche prononçait ces paroles, péniblement, mes yeux et mon cerveau me transmettaient chacun un message stupéfiant.

Mes yeux m'apprenaient que la fille dont Joseph était amoureux n'était pas Marianne, mais ma mère.

Mon cerveau constatait que la voix de Marianne et celle de ma mère se ressemblaient beaucoup.

J'ai instantanément relié entre eux tous les faits. Ce n'était pas moi qu'il dévorait des yeux, mais elle. Quand il avait rougi, à la sortie nature, il voulait parler d'elle. Il était tombé sous le charme de cette version améliorée de moi, plus volontaire, plus douée, plus mûre.

C'était atrocement humiliant.

– Je te jure, ma chérie, a dit maman. Je n'ai rien fait. C'est lui qui…

Elle n'a jamais fini sa phrase. Il n'y a pas eu d'éclair aveuglant, pas d'éclats, pas d'effets spéciaux.

Simplement, ma mère est redevenue adulte. J'ai vu ses bras s'allonger, sa taille se creuser, sa poitrine s'épanouir. Toutes les coutures de sa robe ont craqué, très lentement. Joseph a lâché sa main. Avec beaucoup de naturel et d'à-propos, maman s'est emparée du couvre-lit, à l'aide duquel elle s'est confectionné une toge de fortune. Je l'ai trouvée grande, mince et belle, et me suis sentie heureuse de la retrouver. Cela ne durerait pas. Rien ne dure, avec les parents. Mais je n'ai pas résisté à l'envie de me jeter dans ses bras.

– Maman ! Tu m'as manqué !

J'ai bien senti qu'elle s'apprêtait à répondre : « Moi aussi, ma chérie. » Mais elle s'est contentée de soupirer joyeusement.

Puis nous avons entendu un appel étouffé.

– Au secours !

Mon père. Adulte, lui aussi. Sa voix provenait du sol. J'ai compris tout de suite. Le Repaire

Sacré. Bien sûr, il s'y était caché, certain qu'on ne le découvrirait jamais et qu'il serait le dernier survivant de la nuit d'horreur.

Et maintenant il était coincé dans son trou. Les portes de l'enfance s'étaient méchamment refermées sur lui.

Je me suis ruée sur la trappe, que j'ai ouverte à grand-peine. Le visage congestionné de papa est apparu dans la lumière crue de ma torche.

– Espèce de sale tricheur ! a dit maman en lui déposant un long baiser sur la bouche. Trop contente de te revoir !

– J'étouffe, Florence ! Je vais crever !

– Pas de panique, mon chou. J'appelle les pompiers.

En se dirigeant vers la porte, elle a jeté un coup d'œil nonchalant à Joseph, évanoui sur le sol.

– Quelle chiffe molle, celui-là ! Il ne te méritait pas, ma chérie.

Le temps retrouvé

Un an plus tard, nous avons tous été invités à l'avant-première du film *Mes parents sont dans ma classe*. Il devait figurer à Cannes dans la sélection *Un certain regard*. Turpin avait été enthousiasmé par le projet, il avait débloqué des fonds, donné carte blanche à mon père et lui avait même proposé de réaliser le film. « Pas pour la télé, mon pote. On vise plus haut. Je te promets une sortie sur grand écran. »

Et il avait tenu parole. Mon père avait imposé ses conditions. Il voulait que tout le monde joue son propre rôle, y compris, bien sûr, Mme Boutriquel et Bernard. Ma mère avait fini par accepter que la CPE fasse une petite apparition. Bien sûr, il avait fallu trouver des acteurs pour jouer mes parents jeunes. J'avais eu le droit de participer au casting. Mes grands-parents étaient ravis. Ils répétaient leur texte tous les soirs. Même Joseph, après quelques hésitations, avait bien voulu que l'on raconte son histoire.

Tout promettait de se dérouler à merveille, mais, quelques jours avant le tournage, une difficulté a surgi.

Marianne.

Je l'ai trouvée en pleurs, un matin, dans la cour. Elle se sentait incapable de jouer son propre rôle. C'était au-dessus de ses forces.

– Tu comprends, du cinéma, j'en fais depuis que mon père est en prison. J'en ai marre, maintenant, de mon personnage.

Papa a été très embêté. Turpin encore plus. Il adorait le personnage de Marianne et il connaissait son père. Ils avaient été brièvement associés pour le montage d'un budget sur lequel il est resté très évasif.

– Pas question que le film se fasse sans elle ! ont-ils conclu.

Mais elle ne voulait pas céder. Le tournage a pris plusieurs jours de retard. Finalement, j'ai trouvé la solution. L'idée m'est venue au milieu de la nuit, pendant une insomnie. J'ai bondi sur mon téléphone et j'ai appelé Marianne. Elle ne dormait pas non plus.

– J'ai trouvé ! Je sais qui va jouer ton rôle.

– Qui ?

– Moi. Et toi, tu interpréteras mon personnage.

Elle a réfléchi, mais pas très longtemps. J'étais sûre qu'elle serait d'accord. On a éclaté de rire au téléphone. C'était la meilleure idée de ma vie.

Sans me vanter, je crois que le résultat n'est pas mauvais. À l'écran, je suis une Marianne parfaite. Belle, sensible, raffinée, menteuse et méchante. Quant à elle, elle campe une Fanny acceptable. Un peu trop timide, à mon goût, et souvent dépassée par les événements. Mais bon. Je ne suis pas le personnage principal.

Non, celle qui crève l'écran, c'est Mme Boutriquel. Papa a eu quelques problèmes avec les associations de défense des animaux. Il a fallu supprimer quelques scènes de dissection. Elles nous auraient valu la censure. Mais papa les a tournées quand même et les a offertes à Mme Boutriquel pour qu'elle puisse se les projeter le soir, dans son salon, quand elle n'aura pas le moral.

En sortant de la projection, nous sommes tous tombés dans les bras les uns des autres. Joseph était un peu embarrassé de faire la bise à maman, mais elle lui a fait un clin d'œil et lui a dit :

– Eh oui, mon garçon, il fallait réagir plus vite. Tu es né vingt ans trop tard.

Du coup, j'ai essayé d'imaginer ce que ça aurait pu donner si Joseph avait été mon père, mais j'ai arrêté tout de suite. On ne sait jamais. Mon subconscient est redoutable.

Bien entendu, notre vie a beaucoup changé, depuis cette histoire. Mes parents sont constamment sollicités par des journalistes, des producteurs, des écrivains, des scientifiques. La clientèle de ma mère a quintuplé, mon père croule sous les contrats. Mme Boutriquel passe souvent à la télé, on lui a proposé de jouer dans d'autres films mais elle refuse catégoriquement. Elle a reversé tout son argent à des associations luttant contre les dictatures, à travers le monde. Marianne a pu quitter son foyer et louer une belle demeure où elle vit avec sa mère. Elle m'y invite souvent. Je ne suis plus du tout amoureuse de Joseph, ce qui a paru soulager tout le monde, autour de moi. Mon père lui a fait cadeau de ses vêtements de jeunesse et il a distribué toutes ses collections d'objets aux autres élèves. Il prétend en avoir fini définitivement avec cette période.

De temps en temps, je regarde la photo de classe. Je suis au premier rang, encadrée par mes cousins des îles.

Et j'avoue que je les regrette un peu.